打工吧★魔王大人 15

和ヶ原聡司
插畫 029
Satoshi Wagahara
Illustration Oniku

Kadokawa Fantastic Novels

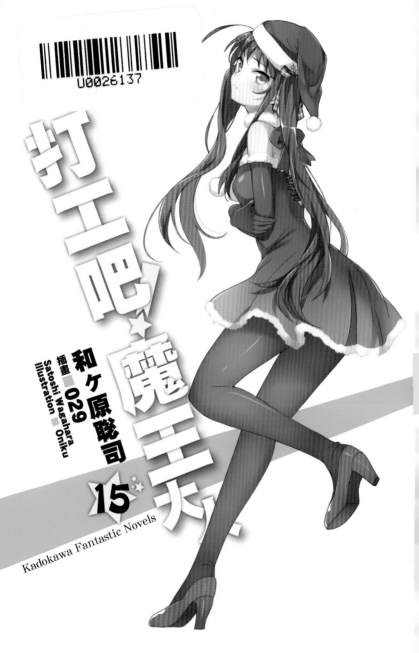

CONTENTS

URUSHIHARA

打工吧！魔王大人

打工吧★魔王大人

15

Satoshi Wagahara

Illustration ■ Oniku

和ヶ原聡司

插畫 ■ 029

Kadokawa Fantastic Novels

序章　高中女生與粉領族，一起迎接新年

那是個安靜的早晨。

讓世界運轉的各種事物，在晨曦的照耀下於夜晚的黑暗中浮現。

人、建築物、道路，以及城市，讓這些東西在光芒中動起來、彷彿被驅散黑夜的陽光照得閃閃發亮的，正是許多人生活的光輝。

聲音與光芒，是人類的氣息，同時也是生活。

所以少了這些生活的地方，就會變得像有顏色的影子，模糊到令人難以捉摸。

例如熄火的爐灶。

例如乾涸的水井。

例如無人居住的建築物。

「騙人。」

一位女性吐出的氣息撼動晨曦，而她本人的聲音又顯得更加動搖。

「這應該是騙人的吧。」

「是真的。」

回答女子的聲音，果然也有點顫抖。

聲音的主人用足以凍結早晨陽光的嚴肅態度，肯定眼前的現實。

「這間公寓，已經沒人在了。」

「這玩笑開得太大了。」

兩位音色截然相反的女性，站著仰望一棟聳立在晨曦中的建築物。

建在東京都澀谷區笹塚，屋齡六十年的木造公寓Villa・Rosa笹塚。

即使時鐘的指針即將指向上午八點，從這裡還是感覺不到任何生活的氣息。

「大家……都不在了嗎？」

「是的。」

「惠美的爸爸呢？他應該住在這裡的一樓……」

「他不在了。」

「鈴乃呢？」

「不在。」

「真奧先生和漆原先生呢？」

「……不在。」

「………蘆屋先生呢？」

「鈴木小姐。」

鈴木梨香不厭其煩地確認，但被佐佐木千穗以嚴厲的聲音打斷。
「請妳理解，現在這棟公寓……已經沒有任何人在了。」
「為什麼……為什麼啊！」
千穗提出令人難以接受的事實，梨香像是不願承認般不斷搖頭。
「這不可能，因為，直到前陣子為止……大家都沒提過這件事。」
梨香仰望感覺不到住戶氣息的Villa・Rosa笹塚，以微弱的聲音說道，然後像是突然想到什麼般看向千穗。
「惠、惠美呢？惠美應該在吧？永福町！惠美不是住在這棟公寓……」
「遊佐小姐也不在了。」
「騙人！」
即使聽見梨香的慘叫，千穗繃緊的表情還是沒有任何變化。
「阿拉斯・拉瑪斯妹妹和艾契斯妹妹，都無法離開遊佐小姐和真奧哥。」
像是在追擊慌亂的梨香般，千穗又接著補充道。
「大家……都前往安特・伊蘇拉了。」
「怎麼會……」
安特・伊蘇拉。

佐佐木千穗和鈴木梨香重要的朋友們的故鄉。

離笹塚、東京、日本或地球都非常遙遠的異世界之名。

千穗的意思就是，這些朋友們，已經前往她們這兩個在日本生活的普通人絕對無法抵達的銀河彼端。

「大家……都不在了嗎？」

「是的。」

「可是……真奧先生跟惠美，還有M丹勞的工作……」

千穗搖頭，仰望快要因為這震撼的狀況哭出來的梨香。

「妳覺得那兩人會什麼都沒做就丟下職場不管嗎？他們早就已經把事情都處理好了。」

穿過愣住的梨香身邊後，千穗吐著白色的氣息走進公寓的中庭。

被陰影遮住的土質地面上，還留著早上結的霜，冬天的證明，在千穗的散步鞋底下碎裂。

「不只真奧哥他們。」

千穗站在Villa．Rosa笹塚的公共樓梯底下，閉了一下眼睛後開口：

「艾美拉達小姐、萊拉小姐和加百列先生現在……也都不在日本。」

千穗沙啞的聲音，像是在訴說自己也無法完全接受這項事實。

「伊洛恩、天禰小姐和公寓的房東太太，也都去安特．伊蘇拉了。」

「可是、可是，天禰小姐她們，不是和安特．伊蘇拉沒關係嗎？而那些天使，不是真奧先生和惠美的敵人嗎？」

「對阿拉斯．拉瑪斯妹妹、艾契斯妹妹、伊洛恩……以及在安特．伊蘇拉生活的『人類』們來說，只要是為了質點的性命，無論敵人、同伴、人類、惡魔還是天使都不重要。」

千穗說完後，從外套口袋裡拿出皮革製的鑰匙套。

裡面裝了三支附貼紙的鑰匙，上面以千穗的筆跡寫著「２０１」、「２０２」和「１０１」三組不同的號碼。

「那些該不會是……」

「是真奧哥他們房間的鑰匙。」

說完後，千穗開始走上樓梯，梨香也慌張地緊跟在後。

千穗在二〇一號室前停下腳步，她既沒按門鈴也沒向房間內喊話，就隨手用鑰匙開門。

「……討厭，怎麼會。」

看見門對面的光景後，梨香當場癱倒在地。

因為二〇一號室已經人去樓空。

並非住戶外出那麼單純。

而是只剩下空蕩蕩的房間。

蘆屋平常忙進忙出的廚房裡，找不到任何鍋子或湯杓，漆原的電腦和電腦桌也不見蹤影。

就連經常被千穗與真奧等人和重要的朋友們當成餐桌的被爐也消失了。

二〇一號室變成一個單純的三坪大空房間。

感覺不到人的氣息、沒有任何生活痕跡的房間看起來非常冷清，天花板的水漬、柱子的汙痕和榻榻米日曬的痕跡，讓這幅景象更顯空虛。

「我們是沒有戰鬥能力的普通人。真奧哥和遊佐小姐最不希望的，就是害我們遭到牽連。所以……」

她們無法參加安特·伊蘇拉人發動的滅神之戰。

「可是……即使如此，也不能這樣吧。」

梨香的眼角，終於流下一道淚水。

她現在並沒有堅強到能承受這唐突又不合理的狀況。

知道真奧等人的真相，並在知道真相後依然愛著他們的梨香向千穗問道：

「千穗……妳不在意嗎？」

「……」

「妳能接受這種事嗎？」

也難怪梨香會語帶責備。

畢竟千穗和他們共度的時間，遠比梨香要長。

他們也橫跨種族與世界的藩籬，珍惜著千穗。

所以梨香會認為千穗或許有辦法做些什麼，就某方面來說也是理所當然。

千穗低聲回答梨香的問題：

「……我怎麼可能……有辦法接受呢……嗚。」

「……啊！」

梨香此時總算發現千穗的嘴角正在顫抖，緊握的拳頭也輕微顫動。

沒錯，千穗不可能接受這個狀況。

不過即使如此，千穗還是承認了這個事實，梨香應該要察覺幫忙保管公寓鑰匙這個選擇，背後究竟包含了多少的決心、覺悟與悲嘆。

「……對不起，我……」

「我無法接受……」

千穗沉靜的聲音，在失去生活光輝的二〇一號室空虛地迴響。

來自異世界的訪客，已經從這個地球消失了。

他們回到屬於他們的地方，地球、日本以及千穗和梨香的生活，也因此恢復原本的姿態。

不過知道「真相」前的那段理所當然的日常生活，現在已變成她們絕對無法接受的世界。

為什麼事情會變成這樣呢？

今天是一月三日，新年期間尚未結束。

在這個可以說是一年之始的時期，千穗和梨香的眼前只剩下一片絕望。

為什麼事情會變成這樣呢？

在無力垂下頭的梨香身旁，千穗試著回想真奧等人決定發起「滅神之戰」的十二月時的事情。

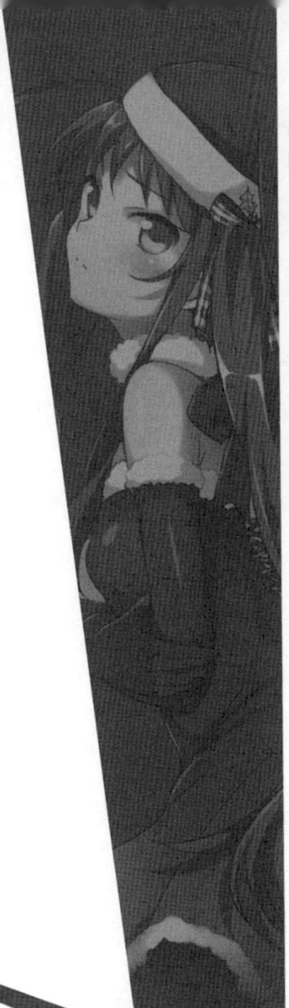

魔王，暫時缺席。1

「真……真是難以置信。」

「那、那是因為……」

無法承受朋友因驚訝過度而變得冰冷的視線，千穗馬上別過臉。

不過同時是千穗的同學、社團夥伴兼好友的東海林佳織不允許她逃避，立刻將臉湊近她。

「我說啊，我有點無法相信自己剛才聽見的事情，可以再說一遍嗎？」

「呃，那個。」

「妳說妳的排班表怎麼了？」

「那個……」

佳織毫不留情地追擊嚇得向後仰的千穗。

「妳聖誕夜！打工的排班！到～底是怎樣？」

「那個，嗯。」

千穗向激動的佳織，複述剛才提過的事實。

「真奧哥要工作，遊佐小姐也要工作。我要在家裡和家人一起過。」

「佐佐妳這孩子啊啊啊啊啊！」

「啊哇哇哇哇！」

佳織維持探出身子的姿勢，揪著千穗的胸口用力晃動。

「那聖誕節當天呢？二十五日妳有什麼安排？」

此時佳織已經整個人騎到千穗的桌上。

「放、放開我啦，好、好痛苦！」

千穗勉強擺脫佳織，但後者像是不聽見回答不罷休般緊緊瞪著千穗。

所以這讓千穗更難開口，因為說出來絕對會被罵。

「真奧哥、遊佐小姐和我都要上班……」

「上到什麼時候？」

「……………只有我是晚上十點下班，他們兩人要忙到打烊。」

「妳這孩子啊啊啊啊啊啊啊啊！」

佳織的尖叫愈來愈激動，千穗拚命將像是要直接跨越桌子跌到地上的佳織推回去。

「我、我也沒辦法啊……因為我是高中生，所以只能待到晚上十點……」

「重點才不是這個！這排班的方式也太奇怪了！佐佐，妳到底在想什麼啊！」

佳織口沫橫飛地指責。

「我這次真的是打從心底嚇了一跳喔？跟之前完全不能比喔？」

佳織抱著頭不斷碎碎念。

「我覺得沒關係喔，就算和家人過聖誕節也沒關係！這種人意外地多，坦白講我家也是這樣！不過唯獨這回、這次、今年不可以這樣吧？」

「是、是這樣嗎……不過我聽說從聖誕節到新年這段期間，都會人手不足。」

「我是這麼認為的！即使會被說沒骨氣也無所謂，現代的小孩子唯獨不會去年末和年初必須上班的地方打工！錯的應該是在那種日子營業的店家！」

會在內心的某處覺得這是謬論，應該是因為千穗已經被日本便利的消費生活給影響了吧。

「那個啊，佐佐，我希望妳好好聽我說。」

「好、好的？」

「佐佐，我前陣子也有說過吧？希望妳去找真奧先生，為之前的事情要個交代。」

「咦？啊，嗯、嗯。」

佳織突然在教室內搬出這個話題，讓千穗忍不住環視周圍。

因為佳織剛才上演的特別秀已經結束，所以誰都沒在注意這裡，但要是被最喜歡這類話題的同齡同學聽見，事情就麻煩了。

當然佳織也很清楚這點，但感覺即使如此，她還是不吐不快。

「吶，佐佐，我們可是高中女生喔，妳懂嗎？高中女生，也差不多到了憧憬大人的世界，希望人生能有一些戲劇性發展的年紀了吧？」

「嗯、嗯，對……」

如果是戲劇性的發展，在這將近一年的期間裡，千穗有自信自己已經累積了遠勝一般好萊塢明星的經驗，如今她根本就不想再遇到類似的事情，但姑且還是坦率地點頭。

「然而佐佐，妳現在是怎樣？在聖誕夜這個一年中最容易發生事件的日子，妳居然放著單戀的對象和情敵在職場不管，自己回家開派對，妳裝餘裕也裝得太過頭了吧？」

「我、我就說遊佐小姐不是情敵了……」

「囉唆，看在外人的眼裡，那完全就是情敵！」

佳織緊盯著千穗，像個小姑般煩躁地用手指敲著桌面。

「反正妳一定還無法催促對方回答吧。既然如此，難得有聖誕夜這個機會，一般人應該都會想趁機做個了斷吧？」

千穗能理解佳織想說什麼。

畢竟她也不是完全沒考慮過這方面的事情。

不過——

「其實，我在上個月底找小佳商量前，就已經交這個月的排班表了……」

「這下沒救了啊啊啊！不行不行！沒救了！佐佐妳已經沒希望了。不管再等幾年都沒用啦！放棄吧放棄吧。」

「怎、怎麼這樣。」

佳織終於抱頭大喊。

在這個城鎮開始換上聖誕節裝扮的十二月，千穗當然也想找理由和真奧來一場聖誕約會。

想歸想，對方畢竟是惡魔之王，就千穗所知，這應該會是他在日本過的第二次聖誕節。

雖然不曉得真奧去年的聖誕節是怎麼過的，但最有可能的答案應該是工作。

然後今年的十二月二十四日和十二月二十五日，真奧也在麥丹勞排了滿滿的班。

※

等千穗發現自己可能錯過了這輩子唯一一個讓自己和真奧之間的關係明朗化的機會時，已經是十一月底了。

十二月的班表早已提交完畢，如今不管是對真奧還是木崎店長，千穗都說不出自己想改變聖誕節前後的班表。

當然也不能只責備千穗的失誤。

今年的九月到十一月這段期間，惠美和蘆屋都被囚禁在安特·伊蘇拉，此外還發生真奧為了救他們而親自出征、漆原住院，以及惠美的母親突然出現等狀況，不只千穗，所有和安特．伊蘇拉有關的人都陷入一片混亂。

尤其是惠美，在與害自己跟世界背負嚴苛的命運、完全沒有任何印象的母親重逢後，她的日子就過得一點都不安寧。

在這段期間，千穗的意中人、同樣與惠美的母親大天使萊拉因緣匪淺的魔王撒旦亦即真奧貞夫，無論是公開場合還是私底下，都在替惠美分擔解憂。

雖然這對同樣珍惜真奧和惠美的千穗來說是件好事，但等回過神後，千穗才發現自己開始嫉妒起被真奧溫柔對待的惠美。

姑且不論是好是壞，真奧對千穗的態度，從她告白的那個夏天開始就一直沒有改變。

再加上若真奧和惠美接受萊拉委託他們的重大工作，兩人與千穗之間的距離將會變得非常遙遠。

無法掌握自己與異世界的意中人究竟是什麼關係的千穗，在隱瞞安特．伊蘇拉相關資訊的情況下，找好友東海林佳織商量。

那是發生在十一月底的事情，雖然當時的情形根本就不允許千穗開心地期待聖誕約會，但在千穗不知情的地方，又發生了讓她動搖不已的狀況。

惠美的好友，現在和千穗一樣知道安特．伊蘇拉真相的鈴木梨香，向蘆屋四郎告白了自己的心意。

她向來自異世界的惡魔大元帥艾謝爾，表白了自己的感情。

然後那份心意並未獲得回應。

千穗覺得和她一樣愛上異世界人、在知道真相後依然沒有改變心意並勇敢追求自己想要的答案的梨香，看起來非常耀眼。

耀眼到讓她覺得恐怖。

一想到自己最後被真奧拒絕的可能性，千穗就害怕得雙腿發軟。

此外即使能想出許多被真奧拒絕自己心意的理由，千穗至今仍想不到任何能被他接受的理由。

梨香在被拒絕後，依然哭著說無法放棄這份感情。

如果換成是自己，在被真奧拒絕後，絕對無法振作起來。

所以或許千穗是在無意識中，刻意不去思考聖誕節的事情。

要是從真奧那裡得到答案。

那個答案一定會與真奧未來的選擇息息相關。

不只是真奧，那個未來或許還會將千穗與惠美、蘆屋、漆原、鈴乃等重要的安特・伊蘇拉朋友們拆散。

像小孩子般想與自己喜歡的人永遠在一起的想法，阻礙了千穗的行動。

但在另一方面，千穗也聽過完全不同的意見。

「如果不趁還有機會時傳達，將來一定會後悔喔。」

名叫艾契斯・阿拉的少女，曾與重要的人分開了一段漫長的期間，那是年僅十七歲的千穗完全無法想像的時間，所以她非常能理解對方這句話有多麼沉重。

無論是佳織說的話，還是艾契斯說的話，千穗都了然於心。

正因為理解，所以千穗本人、千穗自己，以及千穗的心，才會宛如被厚重雲層遮蓋的冬季天空般凍結不動。

十二月就這樣過了一半。

※

「妳還敢說！真虧妳能在那種情況下錯過聖誕節這個機會！」

看在佳織眼裡，千穗只是普通地在為戀愛煩惱，所以會有這種反應也很正常，但從千穗的角度來看，在「那種情況」下，她實在無法去在意聖誕節。

「已經完全沒辦法改了嗎？」

當然不可能知道這些事情的佳織，提出某方面來說算是理所當然的疑問。

「離聖誕節還有一點時間。不能現在開始找代班的人，或是調整排班表嗎？」

「這、這個嘛。」

千穗不是完全沒考慮過佳織說的事情。

不過即使能在自己排班的日子請假，也很難為了自己的方便讓別人請假。

何況就算是撕破了嘴，千穗也無法對真奧開口說出「因為聖誕夜有事找你，所以請你休假」這種話。

「啊，對了！只要跟媽媽說店裡人手不足，讓我在聖誕夜去打工……」

「都這種時候了，佐佐居然還會有這種想法。」

「咦？可、可是……」

「可是什麼啊！要是佐佐也去上班，那到頭來還不是跟平常一樣，只是大家一起打工而已！何況即使去上班，妳還是必須一個人先回去吧！佐佐真是的，妳真的有幹勁嗎？」

「幹、幹勁？」

「說不想和大家分開的人是佐佐吧！現在的佐佐，根本就是在朝逐漸淡出的路線前進！」

「是、是這樣沒錯，我自己也有自覺。」

要是真奧他們答應參加萊拉提出的安特・伊蘇拉人類拯救計畫，就會發生和真奧之前去拯救惠美時相同的狀況。

簡單來講，千穗不能與真奧他們同行，應該說她沒辦法去。

理由非常簡單，雖然一直以來都是如此，但千穗即使上戰場，也只會成為真奧和惠美的累贅。

真奧和惠美戰鬥的對象，在各方面都是超越人智的存在。

要是連自己都沒辦法保護好的千穗出現在那樣的地方，真奧他們就必須為了保護千穗，分割出多餘的人力。

這次和過去以「基礎」的力量為媒介，向萊拉借用力量時不同。

既然萊拉已經現身，那千穗就沒理由和真奧一起戰鬥了。

但不可否認的是，在千穗內心的某處，確實存在著佳織所說的「餘裕」。

現在的千穗，有理由相信真奧不會輕易返回安特．伊蘇拉。

這是因為真奧突然接到了與萊拉的要求完全不同方向、不同次元的「工作」。

「不過既然現在所有人都已經有計畫了，無論再怎麼掙扎都沒用。那至少關於除夕或新年，妳應該有什麼想法吧？」

然後千穗因為過於沉浸在思考真奧的現況，所以再次坦率回答：

「啊～我或許會回爸爸或媽媽的老家、也、說不定……小佳？」

千穗回答完後，發現佳織正以彷彿要射穿千穗的視線，以及比惡魔還要可怕的表情瞪向這裡。

「佐佐。」

「是、是的。」

「我要生氣囉。」

雖然佳織剛才已經夠生氣了，但因為無言以對，所以千穗只好再次恭敬地聽佳織說教。

等社團活動結束時，天空已經染上夜色。

今天沒有安排打工、快步走在回家路上的千穗，因為收到母親託她買東西的簡訊，而在百號大道商店街的人群中穿梭。

本來以為商店街應該已經充滿聖誕節的色彩，但有些店家甚至直接跳過聖誕節，換上新年的擺飾。

尤其是蕎麥麵、熟食屋和魚店，比起聖誕節更像是在準備過年。

千穗邊看母親傳來的購物清單邊走在路上。

「啊，佐佐木千穗？」

接著人群裡傳來不可能出現在這裡的人物的聲音，讓千穗差點弄掉手機。

「咦……咦，咦咦咦咦？」

千穗回過頭，在發現自己沒聽錯後又再次嚇了一跳。

「漆、漆原先生！你什麼時候變得可以外出了？」

「可以別講得好像我是在不知不覺間出獄的凶惡罪犯嗎？」

千穗坦率的反應讓漆原皺起眉頭，但真要說起來，其實他也沒資格皺眉頭。

「因為漆原先生獨自被放到街上的樣子實在太令人意外，所以有點難以想像……」

「我真的很好奇，我在妳心裡是被當成像猛獸或殭屍之類的東西嗎？其實我最近經常獨自外出，在公寓裡也會幫忙做許多事情，只是妳不知道而已。」

「這樣啊……對、對不起。」

對於說出對方「獨自被放到街上」這種話自覺太過分的千穗坦率地道歉。

冷靜思考過後，千穗發現自從她在初春得知真奧等人的真相後，這還是她第一次看見漆原沒和真奧與蘆屋一起行動，獨自走在外面的場面。

然後千穗想起漆原之所以不獨自外出，除了個性懶惰以外，還有其他原因。

「話說先不管這些事，你現在一個人到外面沒關係嗎？」

「妳是在擔心我認識妳之前做的那些事，會不會被警察發現嗎？」

「咦？是、是這樣沒錯。」

漆原謹慎地確認千穗的意圖，雖然千穗因此感到納悶，但漆原不悅地板起臉說道：

「因為貝爾之前才在說要是讓我獨自外出，最後或許會在路上遇難回不了公寓。」

「啊。」

「妳也別擺出一副贊同的樣子啦。」

「對、對不起。」

如果知道漆原獨自外出，鈴乃一定會這麼說，心裡莫名覺得能夠理解的千穗，再次被迫低頭道歉。

「總而言之，真要說起來的話，其實應該也不能算是沒問題。」

「咦？」

漆原乾脆的發言，讓千穗不禁僵住。

來到日本的漆原在寄住Villa・Rosa笹塚之前，曾做出許多類似強盜的行為，這也是漆原平常不外出的主要原因之一。

雖然千穗也不清楚詳情，但從真奧和蘆屋的反應來看，漆原在做那些事情時，似乎有被監視器拍到的可能性。

這麼一來，就無法保證現在警察已經放棄追捕漆原。

「不過妳擔心的事情應該是不會發生。」

「是這樣嗎？」

「嗯，拜真奧所賜，現在我在某種程度上已經能自由使用魔力了，不管來幾個警察我都不怕。」

「唔，不、不可以這樣啦！」

注意到漆原露出凶惡的笑容，由於千穗的父親就是警察，聞言不禁慌張地阻止。

「呵呵呵，雖然我沒打算和日本的警察起爭執，但就算有什麼萬一，也能用那種方法，或是其他方法解決。我最近開始做些新的事情，所以身心的狀況都還不錯。」

雖然千穗不曉得漆原說的「那種方法」和「其他方法」是什麼意思，同時也不敢確認「新的事情」是指什麼事情，但從魔界的惡魔們最近的行動，還是能察覺到不少端倪。

之前就對某件事情感到耿耿於懷的千穗，從漆原出乎意料的發言中找到了線索。

「不過這表示漆原先生現在也持有魔力囉？」

「『也』是什麼意思？」

儘管語帶疑問，漆原依然一臉無畏。

千穗也不自覺地露出挑釁的表情，說出之前得知的事情。

「蘆屋先生也隨身帶著足以變回惡魔型態的魔力吧。」

「喔，什麼嘛，原來妳知道蘆屋買手機那天的事情啊。」

「……算是知道。」

站在千穗的立場，她也很在意漆原是如何理解那天發生的事情。

「嗯？不過那就奇怪了，感覺貝爾不像知道這件事。」

「因為我沒有告訴她。」

「是這樣嗎？我還以為要是妳知道我們瞞著艾米莉亞她們保有魔力，就會不安地跑去找她們商量。」

漆原瞧不起人的口吻，讓千穗露出不悅的表情。

「請你別把人家講得好像間諜一樣。我很清楚現在的蘆屋先生，不是那種會毫無理由就做出那種事情的人。」

雖然千穗之所以沒告訴惠美和鈴乃這件事，還有其他的理由，但她沒想到自己居然被當成會告密的人。

「喔～這表示艾米莉亞可能也不知道囉。這樣啊～」

也不曉得是在表示嘉許還是隨口答腔，漆原邊點頭說著莫名令人不悅的話，邊舉起自己的手。

雖然剛才因為被漆原本人的存在嚇到而沒發現，但他手上正提著一個裝了熟食和零食的購物袋。

「唉，從我的角度來看，打從蘆屋在鈴木梨香面前變身的瞬間，這件事就等於已經被艾米莉亞知道了，不過就算被發現也不會怎麼樣。就像妳說的那樣，我們這麼做也不是沒有理由，而且這也和我出來買東西的事情有關。」

「……這到底是怎麼回事？」

「嗯～」

千穗一提出疑問，漆原就突然開始環視周圍，然後刻意表現出在附近找到一間咖啡廳的樣子。

「想知道的話就請客吧，這裡好冷。」

「……」

千穗瞬間驚訝地皺起眉頭，但一想到漆原平常本來就這麼厚臉皮，只好不甘不願地點頭。

「其實說穿了也沒什麼大不了。簡單來講，就是真奧、蘆屋和我，都還沒有完全相信萊拉。」

漆原毫不客氣地喝著最貴的招牌咖啡，開口說道。

千穗在最便宜的特調咖啡裡加入大量牛奶後問道：

「你說無法完全相信萊拉小姐，這是什麼意思？」

「就是字面上的意思。妳想想看，那傢伙不是一直被天界追捕嗎？但她實在是鬆懈到讓真奧和艾米莉亞都產生了警戒。」

「呃，說得也是。」

萊拉的行動在各方面都充滿破綻，所以就連千穗也立刻點頭表示贊同。

「關於天界被封鎖，無法透過『門』往來的事情，消息來源就只有房東太太和加百列，我們並沒有親自確認過。即使天界真的被封鎖，也難保敵人不會再次來襲，或許現在其實是只有對方能過來也不一定，我們並不認為萊拉對自己周圍做好了萬全的防備。所以之前去萊拉家時，我和蘆屋也沒有一起去吧。」

「這麼說來，的確是這樣沒錯。」

在萊拉為了獲得真奧等人的信任，公開自己住家的那天。

蘆屋和漆原並沒有同行。

因為前一天梨香才剛向蘆屋告白並被拒，所以千穗也不好意思問他們缺席的理由……

「我個人是真的對萊拉家沒興趣，而且那原本就是真奧的提議。」

「真奧哥？」

「為了以防萬一，他吩咐我們留守。這麼一來，就算『敵人』趁真奧和艾米莉亞一起行動時，對麥丹勞、鈴木梨香或妳家發動攻擊，我們也能馬上處理。」

「……原來如此。」

「再來就是萊拉那些無可救藥的言行，或許全部都是為了讓真奧和艾米莉亞配合她的演技，畢竟敵人又不一定只有拉貴爾和卡邁爾他們。」

「咦？」

千穗無法完全掌握漆原的話中之意，漆原嘲笑般的開口：

「只因為萊拉是艾米莉亞的母親，就能保證她一定是好人嗎？這樣太奇怪了吧？雖然這種話由我來講也很怪，但佐佐木千穗，妳至今有遇過善良的天使嗎？」

「沒有。」

遺憾的是，唯獨這點千穗能乾脆地回答。

「對吧？雖然妳可能覺得我沒資格講這種話，但關於天使有多壞這點，我有自信比真奧和蘆屋還要清楚。萊拉那迷糊又不會看氣氛的個性其實全都是演技，她是為了拿妳的家人、麥丹勞的店長或鈴木梨香這些真奧和艾米莉亞珍惜的人當人質逼兩人協助她，所以才先按兵不動，這樣的可能性也不是完全沒有。」

雖然按兵不動這個詞聽起來有點誇張，但千穗的確能夠理解漆原的意思。

「關於萊拉小姐的事情，漆原先生有什麼想法嗎？」

「什麼意思？」

也不曉得有沒有聽懂千穗的疑問，漆原迅速地反問。

因此千穗也不得不具體說明自己想問的事情。

「那個……萊拉小姐和加百列先生的最終目的……是想讓真奧哥他們打倒某個人吧，呃，也就是說……」

「啊，妳已經知道我母親的事情啦。」

「…………是的。」

漆原直截了當地說道，讓千穗頓時有點不曉得該怎麼回答。

「有變得比較尊敬我一點了嗎？」

「咦、咦？」

漆原轉移話題的速度實在太快，讓千穗嚇了一跳。

為什麼話題會突然變成千穗是否尊敬漆原呢？

「妳已經聽說我的超高貴血統了吧？不僅母親是神，同時還是第二世代的首席天使，人類應該會敬畏我到不敢從正面看我吧？」

儘管不曉得漆原有多認真，但千穗姑且義務性地回答：

「別說蠢話了，快點回答我的問題。」

「妳在這方面比艾米莉亞還要毫不留情呢。」

千穗回答得實在太快，就連漆原也只能投降。

「那我就回答妳吧，坦白講我一點都不想管，要是萊拉真的和她表現得一樣，是誠心誠意地拜託真奧和艾米莉亞，而真奧他們也決定接受，那就隨他們高興去做吧。」

「這樣好嗎？因為……」

「妳真煩人，我知道啦，雖然我不知道有多少人，但包含萊拉和加百列在內，天界有一些人打算殺害我的親生母親。」

漆原自然地如此回答，無論是從他的表情還是語氣，都感覺不到任何情感的起伏。

「那又怎樣？妳以為我會突然想起對母親的愛，哭著阻止他們，或是因此改過自新，積極地勸母親悔改嗎？」

「不，雖然我完全不認為你會改過自新積極行動，但也沒想到你會不在意到這種程度。」

「你們真的每次都分不清楚哪些話能說和哪些話不能說呢。下次來公寓時，我要讓你們大吃一驚……」

千穗的回答讓漆原皺起眉頭。

「唉……算了，說實話關於父母的事情，我幾乎都不記得了。我知道統率天界的伊古諾拉是我的母親，也隱約有這方面的記憶。不過這件事對我現在的人生，可以說是完全沒有任何影響。」

「怎麼會……」

儘管這對與家人關係非常良好的千穗來說，是難以置信的事情，但從漆原的表情感覺不到任何虛假。

「在我們生活的世界，可不會只因為是親子，就無條件地對彼此產生感情。至於魔界的惡魔，只要覺得對方礙事，就算是親兄弟也照殺不誤。如果萊拉說的都是真話，而你們也自願為我母親以前的過錯收拾殘局，那我也只能說真是辛苦你們了。」

在真奧、千穗與惠美第一次去萊拉位於練馬的公寓那天，加百列告訴千穗他們，統率天界的天使、地位相當於「神」的伊古諾拉就是漆原的母親。

千穗他們同時也得知伊古諾拉對阿拉斯・拉瑪斯等質點之子做的事情，以及天使們持續對安特・伊蘇拉進行的可怕行動，但無法戰鬥的千穗首先想到的，就是漆原的心情。

不過若她的擔憂真的完全是多餘的，那也很令人困擾。

「唉，不過如果妳堅持要搬出親子之情的話題……嗯，該怎麼說才好。」

而漆原認真思考後得出的答案──

「我頂多只對把我一個人丟在魔界，之後又不來找我這件事……有點懷恨在心吧。不過我在魔界過得很快樂。比起繼續待在絕大部分的人都是行屍走肉的天界，還是留在魔界要好多了，所以我也沒恨到想尋仇的地步……不如說那些都已經是太久以前的事情，有很多事我是真的不記得了。」

就只有這樣。

「怎麼會不記得呢。」

「那我反問妳，難道妳就鉅細靡遺地記得幼稚園或剛進國小時發生的事情，或是親朋好友的所有對話嗎？」

「咦，那、那個……」

「別看我這樣，我可是活了比真奧還要長好幾倍的時間。這段期間我都在魔界自由地活著，並度過了一段開心又忙碌的充實歲月，根本就沒辦法記得那麼久以前的事情。對我來說，伊古諾拉或許的確是血脈相連的母親，但如果換成是妳，感覺就會像是發現敵人的真面目是自己江戶時代的祖先。比起那麼久以前的事情，還是現在比較重要吧。」

漆原重視的現在，有九成的時間都是窩在房間裡靠真奧養，雖然不想被這樣的他這麼說，但現在千穗很清楚漆原對伊古諾拉真的不抱任何感傷。

「過去是過去。有些人會以此為動機，有些人不會。在當時的相關人士中，不會的代表就是我，會的代表就是萊拉，僅此而已。」

「是這樣嗎？」

「是啊。雖然我不曉得你們從萊拉和加百列那裡聽說了多少，但從妳的表情來看，應該大致都知道了吧？無論是大魔王撒旦的災厄，還是伊古諾拉做的事情的全貌。」

「呃……嗯。」

雖然那樣的話題，實在是不適合在練馬站內的摩茲漢堡內邊吃薯條邊聽。

「坦白講我一點都不想管，既然連我都這樣了，當時還沒出生的蘆屋和真奧應該更不想理會吧？如果是可能變成不老不死的艾米莉亞，或許還算有點動機，但事到如今，我實在不認為真奧會答應萊拉的要求。不如說我和蘆屋就是因為這樣才會帶著魔力在外面徘徊。以防萊拉在受不了猶豫不決的真奧後，做出蠢事。」

「原、原來如此……」

儘管能理解漆原所說的話，但千穗不知為何還是無法完全釋懷。

不過她也不太清楚自己究竟是對什麼感到無法釋懷。

或許是看穿了千穗的想法，漆原開口說道：

「而且這樣對妳也比較有利吧？」

「咦？」

「妳不希望真奧或艾米莉亞答應萊拉的請求吧？」

「那、那個……………………嗯，坦白講，我不希望那樣。」

在短暫猶豫的期間內，千穗腦中閃過各式各樣的念頭。

如果完全相信萊拉的話，不希望真奧和惠美去安特．伊蘇拉的想法，其實就等於對安特．伊蘇拉和那裡的居民置之不理。

千穗心裡「好孩子」的部分，持續呼喊這是件不好的事情，但即使順著這樣的感受對現在的漆原說謊也沒意義。

要是被在奇怪的地方特別敏銳、而且對千穗毫不體貼的漆原識破謊言，就會失去向他問話的機會。

「我單純只是不想和真奧哥他們分開，畢竟為什麼真奧哥他們非得捨棄自己的生活，去和那種事情扯上關係呢？」

「妳說得沒錯。我也討厭那樣，何苦捨棄現在這個舒適又平穩的日常生活，特地跑去遠方賭命戰鬥呢？」

雖然這個舒適的日常生活，是靠漆原以外的許多人不斷努力才得以成立，但唯獨這次，千穗選擇隱忍不發。

「當然這只是我一個人的任性，要是真奧哥或遊佐小姐決定去做，那我也沒資格阻止他們，但即使如此，我還是覺得萊拉小姐和加百列先生說的話太過自私了。」

「我完全同意，自己的爛攤子就是要自己收拾啊。」

雖然漆原還是一樣沒資格說這種話，但結果就是如此。

因為自己無法收拾殘局，所以就危言聳聽地搬出世界或人類即將毀滅的說法，利用真奧或惠美的善意拉攏他們，這樣的作法果然還是無法讓人心服。

前陣子加百列在摩茲漢堡講解的關於「一切元凶」的故事，替千穗等人解開了許多疑問和謎團。

不過那終究只是解釋事情的來龍去脈，即使聽了這些，萊拉和加百列想要真奧等人做的事情還是沒有改變。

從那天以後，千穗就沒見過萊拉和加百列。

不過從惠美和萊拉之間的距離在那天有稍微縮短來看，和一開始的膠著狀態相比，現在狀況似乎稍微有所進展。

真奧對這件事抱持的態度依然不明，這讓千穗在這個十二月一直難以擺脫內心的種種不安……

「而且妳應該也很清楚，真奧接下來會變得非常忙吧？」

「啊，嗯，說得也是。」

千穗找佳織商量時，也想過一樣的事情，她現在掌握了一項重要的資訊，足以讓她相信真

奧很可能不會答應萊拉的請求。
只要是和真奧熟識的人，在知道這件事後都絕對會這麼認為。
「現在只要真奧一變忙，就會連帶對艾米莉亞產生影響，而且就我所知，萊拉和艾米莉亞應該還沒和解……至少以你們人類的壽命長度來說，算是暫時不需要擔心吧。」
這句話出自號稱年齡比活了好幾百年的真奧還要大上好幾倍的漆原口中，讓人覺得莫名地有說服力。
如果真奧真的做出如同千穗和漆原預測的選擇，那至少接下來的兩三年都會維持現狀。
如果有這樣的寬限期間，那千穗也將成長為大學生。
關於將來的方針，也能有更多的選擇，內心也會更有餘裕。
「真奧一直以那個為目標吧？我想他應該不會丟下那個跑去其他地方。」
「我……也這麼覺得。遊佐小姐應該也會這麼想吧？」
千穗邊說邊從包包裡拿出記事本，翻開麥丹勞的排班表。
表中真奧貞夫的那一欄，接下來幾天的排班都有被修改過。
「畢竟真奧哥一直都在努力。」
千穗憐愛般的用手指撫摸修正過的文字。
上面以千穗的筆跡——

『真奧哥，終於要參加正式職員的錄用研修！』

寫著這些話。

※

與千穗遇見漆原幾乎同一時間。

今天預定傍晚五點下班的遊佐惠美，在快下班時看著應該是今天最後一位接待的客人穿過自動門，並在認出對方後意外地挑起眉毛。

「歡迎光臨……由這邊的櫃檯幫您服務。」

不需要特別舉手示意，對方一進門就認出惠美，並直接走向櫃檯。

「我要一個照燒漢堡套餐，附餐選薯條和熱咖啡，兩種都要加大。」

「好的。」

惠美將點餐的資料輸入收銀機，告知金額，收下千圓鈔，最後將找錢交給對方。

沒過多久，惠美就將準備好的餐點放到托盤上，男子收下托盤後，沒特別說什麼就乖乖入座。

之後就再也沒看向這裡。

「真難得呢。」

蘆屋四郎在晚餐時間來到麥丹勞，並點了足以填飽肚子的餐點。

坦白講，他的行動相當異常。

晚餐時獨自在外用餐，而且還點了比較貴的加大套餐。

再加上他在吧台席吃得差不多後，還開始拿出薄型手機把玩，這和惠美所知的蘆屋形象實在落差太大，甚至讓她懷疑起會不會是有惡毒的天使偽裝成蘆屋的樣子。

「佐惠美，妳差不多可以下班了吧？」

「咦？啊，說得也是。」

就在惠美感到困惑時，職場的前輩大木明子從背後呼喚她。

「啊……下班後，我可以在這裡吃晚餐嗎？」

惠美抬頭看向顯示剛過五點不久的時鐘，脫下員工帽，然後順便用眼角確認在吧台席默默把玩薄型手機的蘆屋。

「這樣啊，那要不要趁現在用員工餐的價格來結帳。」

「就這麼辦吧。呃，麻煩幫我點黑胡椒培根堡套餐，附餐選沙拉和柳橙汁。」

「好。這裡我來處理就行了，妳上去換衣服吧。」

「謝謝，那我先告退了。」

惠美向明子道謝後，快步走向員工間，她一面換衣服，一面思索蘆屋來這裡的理由。

「他應該知道魔王和千穗今天都不在店裡，不過看起來也不像找我有事……」

雖然蘆屋剛才確實有和惠美打過照面，但也可能只是因為當時櫃檯碰巧只有惠美在。

無論如何，惠美最後還是想不出蘆屋為何沒來由地跑來麥丹勞吃飯。

換完衣服回到外場後，替惠美準備好餐點的明子招手要她過去。

惠美用員工餐——亦即七折的價格付完錢後，先花了一點時間假裝找位子，然後坐到蘆屋對面。

儘管麥丹勞的吧台席立了一面牌子避免兩邊的客人視線交會，但蘆屋應該也知道惠美坐到他的對面。

不過從牌子的縫隙隱約看見的蘆屋，並沒有什麼特別的反應，他依然每隔一段時間就緩緩拿起薯條，視線也一直落在手機上。

「……」

惠美以自然的動作打開沙拉的蓋子，用叉子刺著萵苣窺探狀況。

接著——

「有什麼事？」

蘆屋那邊主動搭話。

因為店內現在沒什麼人，吧台席只有蘆屋和惠美兩個客人，所以勉強聽得見對方的聲音。

「那是我這邊的臺詞。」

雖然從牌子的縫隙無法看清楚蘆屋的表情，但對方應該也看不見惠美的表情。

「你怎麼會在這時間來麥丹勞？現在差不多是晚餐時間了吧？」

「今天的晚餐，是大家各自解決。」

「喔，這還真是難得。」

不過這其實根本不只是難得。

如果只有真奧，那惠美還能理解他今天為何會在外面吃晚餐。

儘管真奧在上個月排班時預定今天會來上班，但因為之後計畫有變，所以他現在正和店長木崎真弓一同外出。

這段期間店就交由資深程度僅次於真奧的川田武文和大木明子共同打理，但總之蘆屋不可能不知道真奧的行程。

「所以你放任路西菲爾自由行動？」

「這跟妳無關。」

雖然的確是這樣沒錯，但身為理解魔王城經濟狀況的其中一人，惠美單純對此感到擔心，而且按照蘆屋的個性，他根本不可能放任漆原恣意妄為。

「認識的人突然採取和平常完全不同的行動，稍微擔心一下也很正常吧。」

「喔，難道妳自認掌握了我們生活的一切詳情嗎？」

「雖然不到完全的地步，但應該也有九成。至少我能確定你今天的行動很奇怪。」

「別干涉客人的隱私，妳是店員吧。」

「不論是好是壞，每當你們像這樣拿世間的常識做擋箭牌時，通常都是在做些不想讓我和貝爾知道的事情。」

「……」

蘆屋稍微有點不悅地陷入沉默。

「唉，算了。」

惠美說到這裡便停止追問。

「雖然我不清楚情況，但這樣對客人的確很失禮，對不起。」

「唔。」

「我吃完就要回家了，你慢慢坐吧。」

「……」

在那之後，只剩下惠美用餐的聲音，而且那聲音沒多久就停了。

就在惠美起身，準備端著托盤走向垃圾桶時——

「遊佐。」

背後傳來蘆屋的聲音。

「妳最近有和鈴木小姐見面嗎？」

「唔！」

惠美驚訝地回過頭。

但蘆屋依然面向吧台，背對惠美。

「……我大約兩個星期沒和她見過面了，不過……我們有互傳簡訊。」

「這樣啊，那就好。」

「梨香怎麼了嗎？」

自己的語氣應該沒有變得尖銳吧？

惠美才剛開口，馬上就對自己的問題感到後悔。

這樣不就等於知道蘆屋和梨香之間有發生什麼事嗎？

梨香前陣子才為了打算向蘆屋告白的事情，跑來找惠美商量。

惠美知道梨香後來和蘆屋一起外出，也知道蘆屋現在拿在手上的手機應該就是梨香幫忙挑的。

更重要的是，惠美也知道梨香告白的「結果」。

惠美唯一不清楚的只有「過程」。

但她這兩個星期都沒和梨香見面。

而梨香傳來的簡訊——

「果然還是不行，謝謝妳為我做的一切。」

也只寫了這些。

在那之後，惠美就一直無法和梨香取得聯絡，所以她確實有股如墮五里霧中的不安。

不曉得蘆屋是如何看待惠美的回答，他沒有答覆惠美的問題，只是沉默不語。

大概是想說的都說完了吧。

惠美感覺心裡有許多想法即將脫口而出。

你和梨香到底發生了什麼事？

你對梨香做了什麼？

你對梨香說了什麼？

可以的話，惠美真想立刻將蘆屋拉到店外，將那天的事情從頭到尾問個清楚。

但過了一會兒後，惠美壓抑住這些感情，將視線從蘆屋身上移開並走出店外。

「啊，遊佐小姐下班了嗎？辛苦啦，路上小心。」

「嗯，我先回去了。」

惠美在入口與外送回來的川田擦身而過，她稍微打個招呼後走出店外，而蘆屋也依然沒有回頭。

惠美一走出有暖氣的店內，來到已經徹底變暗的街上，冷空氣就撲面而來。

為了去Villa・Rosa笹塚接託鈴乃照顧的阿拉斯・拉瑪斯，惠美無精打采地獨自走在甲州街道上。

多虧外面的空氣讓她冷靜下來，她開始覺得剛才沒問蘆屋關於梨香的事情是正確的判斷。

惠美很清楚梨香喜歡蘆屋，不如說就只有蘆屋一個人沒發現。

既然梨香在簡訊上說「果然還是不行」，那結論就只有一個。

惠美有自信若蘆屋像真奧對千穗那樣延後回答，或是選擇接受梨香，梨香一定會馬上來找自己商量。

畢竟梨香在還不曉得能不能告白時，就先跑來問惠美能否原諒她的感情了。

雖然梨香鼓起勇氣告白，但最後還是被蘆屋拒絕。

既然如此，那惠美也沒辦法再做什麼，也不能多做什麼。

「我……到底期待什麼樣的結果呢？」

惠美不希望梨香受傷。

不過她既不認為蘆屋有辦法讓梨香幸福，也不認為蘆屋有那個意思。

「唉……」

從沒有結論的內心吐出來的白色氣息，在夜空中描繪出千穗的臉。

「這只是我任性的想法。」

如果梨香不能和蘆屋在一起，那千穗和真奧就可以嗎？

打從一開始，惠美就在內心的某處認定梨香的願望無法實現，這讓她感到自我厭惡。

如同萊拉、鈴乃和蘆屋前陣子所指責的那樣，優柔寡斷的真奧，無法狠下心對待千穗。

另一方面，蘆屋雖然已經不像以前那樣單方面地討厭人類，但基於自己遲早要回去征服安特・伊蘇拉的使命感，他和這個世界總是保持一定的距離。

儘管對不起梨香，但如果是前不久的自己，在知道蘆屋拒絕梨香後，頂多只會覺得以後討伐那些惡魔時又少了一個顧慮。

但現在不同。

單純以一個人的身分，看過真奧、蘆屋和漆原的遊佐惠美已經不一樣了。

殘存在惠美心中的勇者之魂碎片，告訴她這沒什麼好在意的。

不過現在的遊佐惠美，在內心的某處對傷害梨香感情的蘆屋感到憤慨。

「我真任性。」

任性，這樣實在太任性了。

這是之前經常未做多想，就罵他們「去死」或「總有一天要宰了你們」的自己不該懷抱的感情。

不過事實上，惠美兩位重要的朋友確實懷抱著跨越世界與種族隔閡的感情。

就在惠美因為內心這股沒有結論與答案的騷動皺起眉頭時，她在前方的十字路口發現熟悉的人影。

「……明明天氣這麼冷。」

忍不住脫口而出的這句話，包含了些許煩悶、死心，以及自己也搞不懂的些微喜悅。

這並非像「歡喜」那樣誇張的感情。只是非常幼稚的「喜悅」。

「哎、哎呀，艾米莉亞，歡、歡迎回家，工作辛苦了。」

那個人是萊拉。

提著超市塑膠袋的她，究竟從什麼時候開始就站在那裡呢？

從那天以來，她偶爾會像這樣在惠美回家的路上埋伏。

這背後的意圖很明顯。在惠美去萊拉位於練馬的公寓那天，兩人之間的距離稍微縮短了，如今萊拉想再進一步改善兩人的關係。

不過她的手法笨拙到連之前極度討厭萊拉的惠美，都只能苦笑的程度。

惠美並非每天都走這條路。

最近惠美和真奧與千穗以外的職場前輩也變得比較熟識，視下班時間而定，大家也可能會一起去喝茶。

或是為了阿拉斯・拉瑪斯、鈴乃與父親諾爾德，去其他地方買東西。

如果想見惠美，只要去諾爾德住的Villa・Rosa笹塚一〇一號室等就行了。

「妳到底在這裡站幾小時了。」

「咦？沒、沒有啦，才不是這樣，我今天約好要去妳爸爸那裡，中途買個東西後就碰巧……」

「妳的鼻子很紅喔。而且那個袋子上寫的超市，離這裡比笹塚站還要遠喔。」

「啊……！」

萊拉忍不住按住自己的鼻頭。

「天氣這麼冷，明明只要在爸爸的房間等就好了。」

「可、可是那樣就不能單獨和妳說話了……」

幸好萊拉只是個不曉得該如何和多年沒見的女兒相處的母親，否則這樣的行為完全就是個跟蹤狂。

「……我來提吧。」

「咦？啊！」

惠美輕嘆了口氣，從萊拉手上拿走超市的袋子。

「艾、艾米莉亞，那個很重……」

「我有和貝爾與艾謝爾一起出去買過東西，這點程度根本就不算什麼。」

說完後，惠美沒等萊拉回答就踏上歸途。

萊拉雖然嚇了一跳，但馬上就回過神並慌張地追上女兒，然後有點怯懦地走在她旁邊。

因為這段期間一直感覺到萊拉想搭話但又不敢開口的氣息，惠美主動問道：

「在那之後，妳應該沒有又把房間弄得一團亂吧？」

「咦？嗯、嗯，我有好好收拾！所以還沒亂！」

「拜託妳千萬別再那樣了。」

惠美稍微揚起嘴角，但馬上又恢復嚴肅的表情。

她還無法坦率地在萊拉面前笑。

之前為了掌握萊拉在日本生活的實際狀況，惠美等人前往萊拉的房間，然後看見足以讓流行的掃地機器人絕望到一進玄關就馬上回頭從公共走廊往下跳，亂到不能稱做房間的房間。

惠美當著真奧等人的面走進房間，開始動手收拾，雖然她在那裡待了整整一天，但真的只有打掃而已。

在打掃的期間，只有萊拉和諾爾德會正常對話。

惠美和萊拉都不曉得該對彼此說什麼，結果除了篩選散落在房間內的東西以外，兩人根本就沒說到什麼話。

即使如此，和兩人以前的關係相比，這已經算是很大的進步，實際上兩人間的距離感也縮短到能像這樣走在一起。

「工作會很忙嗎？」

「年底不管哪裡都人手不足吧。不過我的工作不像妳那樣攸關人命又分秒必爭，所以不算什麼。」

「這、這樣啊，那就好。」

惠美並沒有說自己不忙，所以不曉得這樣到底哪裡好，但即使如此，兩人依然算是有在對話。

兩人持續進行這種笨拙的對話，等抵達笹塚站時，惠美不自覺地停下腳步，仰望車站前面的十字路口與上方的首都高速公路的高架橋。

「艾米莉亞？」

惠美的腦中接連閃過幾個畫面——攻擊高架橋的漆原、差點被壓扁的千穗、真奧和蘆屋的惡魔型態、與原本應該是重要夥伴的奧爾巴的戰鬥，以及即使在那之後得知他們的真實身分、依然對他們露出笑臉的千穗。

「……沒事，沒什麼。」

沒想到事情會變成這樣。

在這將近一年的期間內，自己到底有過幾次這樣的想法。

假設……假設當時真奧或惠美其中一人消除了千穗的記憶，自己現在應該就不會站在這裡了吧。

魔王在與漆原戰鬥完後，並沒有消除千穗記憶的跡象，回想起這件事的惠美，開始想要相信一個認識魔王撒旦的人絕對不會想到的可能性。

這件事她甚至沒和艾美拉達與艾伯特提過。

硬要說的話，在與千穗變熟以前，惠美也曾半開玩笑地對真奧本人提議過這件事。

當然她當時完全不認為真奧會接受那個提議，實際上真奧也堅決地拒絕了。

不過現在真奧周圍的環境，正讓那個可能性變得愈來愈有機會實現。

惠美無法不這麼想。

蘆屋選擇了拒絕。但真奧呢？

「吶，萊拉。」

「什麼事？」

「妳是怎麼跟爸爸結婚的？」

「咦？」

這個突如其來的問題，讓萊拉嚇了一大跳。

「怎、怎麼結婚的？為、為什麼突然要問這個？那、那個，跟、跟喜歡的人結婚，是很正常的事吧？」

「……」

雖然之前聽父親說明認識萊拉的經過時，惠美也曾這麼想過，但父母的戀愛故事對孩子的殺傷力，遠比他們想的還要強大。

「我不是在問這個。妳是活了好幾千年的天使，爸爸是無法活超過一百歲的普通人類，為什麼你們還會想在一起？」

「嗯……？」

「和爸爸在一起的時間，只占妳人生的一小部分吧。」

「……啊，原來妳是指這個？」

「明明你們遲早一定會天人永隔，妳將看著他離開人世，為什麼妳還……」

「如果沒有這種覺悟，我們一開始就不會在一起。」

儘管語氣依然溫柔，但萊拉難得以堅定的口吻回答。

「在斯隆村與那個人共度的時光，在我的人生當中的確不算很長的時間，但仍是我這一生當中，數一數二重要又快樂的美好時光。」

「……妳為什麼會選擇爸爸？」

「為什麼？」

「爸爸只是普通的人類，既沒有顯赫的家世，也沒有英雄的血統，他無法對妳打算發起的戰爭有所幫助，為什麼妳會選擇他？」

某方面來說，這是惠美在思考諾爾德和萊拉的關係時最大的疑問，但萊拉的反應不僅簡潔，而且還很讓人不悅。

「艾米莉亞，妳沒有戀愛過嗎？」

「哈啊啊啊啊啊啊？」

這個不僅完全不構成回答、還充滿挑釁意味的發言，讓惠美氣得面紅耳赤。

不過即使看見惠美動怒，萊拉不止難得不為所動，還擔心似的看著女兒的臉說道：

「艾、艾米莉亞，難道妳是那種首先會想知道男性對象年收入的類型？重視職業與職階，想要釣金龜婿的感覺？比起感情，還是以金錢和安定為優先？」

「妳、妳、妳在說什麼啊！為什麼突然講這種話！」

「明、明明是妳先突然開啟這個話題，所以我當然會這麼想。這樣不行喔，當然如果妳挑了一個好像會家暴又愛賭博的對象，我一定會要妳重新考慮，不過戀愛這種東西，首先還是要看有沒有對對方感到心動！」

「給我等一下！妳到底在說什麼！我……！」

「我們不是在聊我和妳爸爸結婚的理由嗎？當然是因為我們戀愛啦，不然還能有什麼原因？」

「什……妳、妳說戀愛……這、這是怎樣？我想問的不是這個……！」

「我從來沒考慮過什麼血統、質點或是戰鬥能力。我喜歡上了那個叫諾爾德・尤斯提納的男性，唯一稱得上理由的就只有這個。」

「就、就只有這樣嗎？」

「妳爸爸一定也是如此。」

「這、這就……」

無法否定。

仔細想想，惠美之前才和艾美拉達與鈴乃一起聽父親講述兩人火熱的羅曼史。

被朋友聽到父親的戀愛故事，也讓她羞得滿臉通紅。

「當然真的結婚之後，還是有許多辛苦的事情。對斯隆村的人來說，我只是個來路不明的流浪者。因為那個人在父母雙亡後便獨自守護那塊土地與住家，所以我甚至曾經被當成是想欺騙他的騙子。不過我很努力喔，我努力學習農業和畜牧業的基礎知識，並利用自己的醫學知識

幫忙村裡的產婆，像這樣一點一滴地融入村裡的生活。至於生活方面，雖然我們無法過得像貴族那麼奢侈，但我會和那個人一起工作、偶爾去附近山裡的別墅做個小旅行、一起看星星、去河邊玩，或是看那個人的父親留下來的書，除此之外還有許多快樂的事情。」

儘管這對萊拉的人生來說只能算是最近的事情，但她講這些話時像是在懷念很久以前的事情。

「妳爸爸因為我們相遇時發生的事情，從一開始就知道我是天使。他明知道自己會比我先死，還是願意和我在一起。我們講過很多話，也吵過架，但最後還是在一起了。除此之外，我不曉得還能講什麼。」

「可、可是……」

「我當然會感到難過。」

萊拉理解惠美想說但說不出口的話，並直接回答她：

「妳爸爸遲早會變成老爺爺，我將在幾乎和現在沒什麼改變的情況下看著他離開，不過即使知道這點，我還是不由自主地喜歡上他了，就跟我剛才說的一樣，重點是心動啊！」

「心動……這種事情。」

「溫柔和誠實，是即使有人教也很難學會的東西，那個人打從一開始就擁有這些特質，光是這些，就足以構成我喜歡上他的理由，我的心不由自主地，想和妳爸爸在一起。這能當成答案嗎？」

這算是答案嗎？

就連發問的惠美本人，都搞不太清楚。

雖然她知道擁有超長壽命的天使在決定和人類結婚時，是抱持著和人類差不多的心態，但惠美不曉得這樣算不算幸福。

接著萊拉又像是看穿惠美的內心般開口說道：

「我說啊，艾米莉亞，雖然這對妳來說可能是個討厭的話題，但我還是要說。」

「什、什麼啦。」

「想知道某個時間點是否真的幸福，只有等變成過去再回頭看時才能確定。即使是幸福的往日回憶，也可能會為現在帶來痛苦。不過要是因為害怕受傷而完全不行動，就絕對無法獲得幸福。要是不行動，就只會在毫無自覺的情況下滑落不幸的坡道，即使每次都只會造成一點擦傷，但傷口還是會確實地增加。」

「……」

「當然行動後也可能遭遇不幸，受重傷的情況也不少。不過妳覺得我這個明明活了好幾千年，卻只能說得出這些話的人生不幸嗎？」

惠美立刻回答萊拉的問題。

「這不是我能夠判斷的事情。」

「沒錯，幸福或不幸，只能由我來決定。幸好我覺得和妳爸爸結婚是件幸福的事情，而且我也不覺得後悔，我相信妳爸爸一定也是這麼想的。」

「是啊，只有這點我能夠保證。」

「咦？」

「沒事，沒什麼……對不起，問了奇怪的問題。」

「沒關係啦，不如說妳儘管問，再多問一點！」

「別太得意忘形了。爸爸還在等我們吧，快點回公寓吧。」

惠美委婉地將想直接抱住自己手臂的萊拉推了回去，但萊拉眼中的光芒絲毫沒有消散。

「既然妳也把那棟公寓當成『回去』的地方，那乾脆搬過去不就好了。」

「再說吧。」

覺得自己和萊拉講太多話的惠美，強硬地結束話題邁開腳步。

她還必須繼續擺出不想理會萊拉和加百列計畫的態度。

這和與萊拉的距離無關，是惠美自己的問題。

「啊，艾米莉亞。」

「什麼啦。」

「雖然我剛才那麼說，但如果可以的話，媽媽不希望妳對那種人心動呢。」

「那種人？」

看向萊拉指示的方向後，惠美忍不住倒抽了一口氣。

那道背影不是漆原嗎？

「那個，路西菲爾會變成那樣，其實我也要負一點責任，但從撒旦、艾謝爾先生和千穗小姐那裡聽說他在日本的生活後，坦白講媽媽有點不能接受那種人……」

「這在各方面都不是開玩笑的，然後眼前那幅景象又更不是鬧著玩的。那傢伙居然在沒有監護人的情況下，在外面晃來晃去！」

「啊，艾米莉亞！」

明明只是漆原獨自走在街上，就讓惠美感到一股難以言喻的不安，她慌張地追趕漆原的背影，萊拉也小跑步地跟在惠美後面，然後在前往公寓的路上，萊拉和惠美——

「不管是貝爾、佐佐木千穗還是你們，都給我適可而止啊！我就說我的年齡是你們的好幾倍了！我差不多要生氣囉！」

都被迫持續聽漆原如此抗議。

※

在惠美和萊拉邊聽漆原抱怨邊回到Villa・Rosa笹塚的幾小時後，夜色又變得更深了。

晚餐時段的混亂狀況一平息，一個吵鬧的傢伙就衝進了麥丹勞幡之谷站前店。

「晚餐時間到啦！」

不用說也知道，那個人就是肯特基炸雞店幡之谷店店長，真面目是大天使沙利葉的猿江三月，他為了在常識的範圍內為營業額做出貢獻，而來光顧木崎的店。

「我內心那陣比宣告聖誕夜的鐘聲還要響亮的鼓動，今晚也燃起了愛情的火焰！我猿江今晚也……………真遺憾，女神今天也不在啊。」

「「歡、歡迎光臨。」」

最近的沙利葉不曉得是用了什麼超常的感覺器官，只要一進店內，就能在幾秒內判斷木崎在不在。

以前只要沙利葉一來光顧，大部分的員工都會以僵硬的笑容將接待他的工作推給真奧，但持續了半年後，大家差不多也都習慣了，即使有點困惑，還是會以和對待其他客人一樣的方式對待他。

不過客人就沒辦法這樣了。

以「一人快閃族」的綽號聞名的沙利葉，原則上只會在早午晚的尖峰時段過了約三十分後才來光顧，因此即使是常客，還是有些人沒看過他。

如果是初次看見，有些人甚至會嚇得把杯子弄掉。

然後某個今天第一次目睹沙利葉異常行動的男子，就發生了嚇到把手上新買的薄型手機弄掉的不幸事故。

「糟、糟糕。」

他撿起掉落的電話，慌張地確認外表有沒有明顯的損傷，但男子的聲音與行動引起了沙利葉的注意。

「哎呀？真難得在這裡看見你。」

「……」

沙利葉在認出蘆屋四郎後，一臉意外地走向他。

「你怎麼會在這個時間獨自在這裡吃飯？艾……不對，呃，我想想，蘆屋，是蘆屋吧。」

平常和真奧等人沒什麼來往的沙利葉，花了一點時間才想起艾謝爾在日本的名字。

「雖然我有聽真奧提過，但沒想到猿江你真的在做這種事。」

蘆屋則是非常受不了似的回看沙利葉。

「什麼意思？」

然而沙利葉本人看起來完全不曉得自己有哪裡不對。

「那個，該怎麼說。就是每次都用給人添麻煩的大音量，向木崎店長念情書……」

「說情書也太失禮了，我每次都是把從內心湧出的熱情直接化為言語。事先準備好的說詞，根本無法打動人心。」

雖然不曉得沙利葉有多認真，但如果這些都是實話，那蘆屋也只能對那些被他稱做熱情的詞彙感到佩服。

「反正無論如何，今天木崎店長和真奧都不在喔。」

「我知道。只要木崎店長不在，店裡的氣氛、光線、聲音、味道和所有的一切都會不一樣。」

沙利葉究竟看見什麼，又感受到什麼了呢？

「嗯？等一下。你剛才是不是說，木崎店長和真奧，不在店裡？」

「對、對啊。」

「那是什麼意思？為什麼那兩個人會不在？真奧是時段負責人吧。店長和時段負責人居然會同時離開店裡，是有經理來了嗎？」

「並非如此。因為真奧今天要申請參加正式職員的錄用研修，所以才和木崎店長一起離開店裡一天。」

沒看過沙利葉平常那些古怪行動的蘆屋，不知道這是多麼輕率的發言。

沙利葉的表情在蘆屋面前變得愈來愈憔悴，眼神中充滿殺氣。

「就只有真奧和木崎店長，兩個人？」

「等、等等，你在想什麼，雖然只有他們兩個人，但那是為了工作的事情。」

「正式職員錄用研修？我的女神，陪魔王去參加那個？」

「呃，那個，我不知道木崎店長是不是一直和他在一起。」

「…………唔。」

沙利葉的喉嚨深處發出宛如地獄惡鬼般的呻吟聲，接著突然轉向櫃檯，大步走向那裡。

雖然川田因為對方的魄力而忍不住縮起身子，但還是拚命出聲接待客人——

「歡、歡迎……」

「我也要在這間店工作！」

「光臨臨臨？」

但沙利葉過於震撼的要求，還是讓川田忍不住發出尖銳的聲音。

「你們還有在募集打工人員吧，我要應徵，快點幫我安排面試，我晚點馬上寫履歷表。」

「那那那那個，猿江店長？您到底在說什麼啊？」

「川田，你的理解力有差到連這麼簡單的事情都聽不懂嗎？」

這世界上最常以客人身分造訪麥丹勞幡之谷站前店的沙利葉，早就記住了所有主力員工的名字。

「你只要把我猿江今天應徵打工人員的事情告訴木崎店長就行了，這樣自然就會有人聯絡我面試的日期。」

「呃、那、那個，咦咦咦？不，再怎麼說……」

即使是川田，面對這種荒謬的狀況還是無話可說，同業的其他公司店長突然跑來說要應徵打工，這樣要不混亂也很困難。

「總、總而言之，猿江店長，請您先冷靜一下！我會告訴木崎說您有來過！」

「那不是和平常一樣嗎？我是要應徵打工人員……唔？」

「你在說什麼蠢話啊。」

看不下去的蘆屋，上前阻止猿江。

「你幹什麼，放開我！我是認真的！」

「那更惡質！那個，這個男人交給我處理。不好意思，麻煩幫我收拾一下我剛才用的餐桌……」

「啊，好、好的，我來收拾就行了。」

「非常感謝。喂，走了。」

「放、放開我！給我放開！你到底想怎樣！這跟你無關吧！」

「要是明明在場卻什麼也不做，我之後會無顏面對主人。我就是為了應付這種狀況，才會待在這裡！」

川田只能茫然地看著身高比自己還要高的男客人，架著身高和千穗差不多的猿江離開。

「小川，辛苦你了。」

內心充滿憐憫之情的大木明子，從後面輕拍川田的背。

「明明……剛才那到底是怎麼回事？」

「我也不太清楚，但這表示這間店還不能缺少木崎小姐或真奧先生吧，畢竟世界上什麼樣的人都有。」

「一想到未來或許會遇到這種事，我開始擔心起自己是否有能力繼承家業了。」

「這種事情應該沒那麼容易發生吧。」

「猿江店長，該不會是因為聖誕炸雞桶的預約數量太少才變成那樣吧？」

「正式職員好像很容易累積壓力，我開始擔心起自己能不能找到工作了。」

接下來有好一段時間，川田和明子的視線都無法從一高一矮的兩位客人離開的自動門上移開。

「可惡，放開我！你差不多該放手了吧！我要叫人囉！」

「現在已經夠引人注目了。聽好了，要是你再回去店裡說那種蠢話，我就要透過魔王大人向木崎店長報告。」

「我知道了！我知道了啦！總之先放開我！」

現在是晚上十點半左右，幡之谷站周邊還有很多人。

在那當中，架著沙利葉的蘆屋吸引了許多目光。

沙利葉也總算恢復冷靜，被蘆屋放到地面的他不悅地瞪著蘆屋，但他只有整理衣服，並沒有要跑回麥丹勞的跡象。

「我也真是的，居然一時失去理智。」

「在那之前不算失去理智嗎？」

沙利葉無視驚訝的蘆屋，嘟囔著抱怨：

「哼，臭魔王。居然能因為那個什麼正式職員錄用研修，和我的女神獨處，真是太可恨了。不對，我聽說魔王不知為何對正式職員非常執著，難道他從一開始就盯上了我的女神？」

「給我等一下，我不允許你胡亂揣測魔王大人的想法，而且你怎麼能確定他們身邊沒有其

他人。」

「你才是搞不清楚狀況。」

沙利葉不屑地回答。

「這年頭要增加一個正式職員可沒那麼容易。如果是從非正規人員轉正職，還必須獲得管理負責人的推薦，否則連參加研修的資格都沒有。至少在肯特基，如果要錄用正式職員，就必須讓直屬的上司擔任研修夥伴，親自用心指導打工人員進行研修……親自用心指導……可惡啊啊啊臭魔王王王王王！」

雖然沙利葉自己說一說就生起氣來了，但身為肯特基正式職員的沙利葉的發言，意外地有說服力。

不過身為魔王撒旦的親信，蘆屋果然還是不能對此保持沉默。

「我話先說在前頭，魔王大人和木崎店長，絕對不可能發展成你想像的那種男女關係。」

「這種事情，誰也不能確定吧！」

但大天使乾脆地駁回惡魔大元帥的說法。

「不管再怎麼微小，誰都不曉得男人和女人的關係會因為什麼樣的契機而加深！對木崎店長來說，魔王是堪稱心腹的部下，是信任到足以向他透露自己夢想的男人！何況他們每天都共同承擔工作的辛勞！再也沒什麼比這更令我不安的了！」

「是、是這樣嗎？」

沙利葉擔心的理由比想像中還要現實，讓蘆屋有點驚訝。

關於沙利葉的性格，蘆屋只有從真奧、千穗、惠美和鈴乃那裡獲得片段的資訊，所以他本來以為沙利葉是更加不切實際又輕浮的男人。

「我從以前就想問了。」

「什麼事！」

「你到底想和木崎店長建立什麼樣的關係？」

「嗯……」

蘆屋的問題，讓沙利葉的眼神一變。

「這真是個困難的問題。」

「嗯？」

「考慮到彼此的環境，或許讓我入贅木崎家會比較好。」

「……嗯？」

「而且我還沒樂觀到認為現在的自己有希望。現在問題不是我願不願意娶木崎店長為妻，而是她有沒有打算讓我當她的丈夫。」

「…………嗯嗯嗯？等等，稍等一下。」

「怎麼了？」

「你的前提也太奇怪了。」

「哪裡奇怪了。如果不是以結婚為前提，根本就不會展開那種追求行動。」

「你那個行動是以結婚為前提嗎？」

蘆屋忍不住大吃一驚。

「我不懂其他的作法。」

「呃，那個，不是作法的問題。在那之前，你有打算和人類結婚嗎？」

「這有什麼好奇怪的？」

就算被問有什麼好奇怪的，蘆屋也只能說沙利葉從存在到行動都很奇怪，不過現在說這個也沒意義。

「你們天使不是遠比人類長壽嗎？」

「嗯，所以呢？你想說的是這個嗎？壽命差距太大的兩人，即使在一起也只會不幸嗎？」

沙利葉說完後，沒等蘆屋回答就聳肩繼續說道：

「我還以為你想說什麼，不管幸福還是不幸，都只能由本人來決定吧？會被別人的言論影響的戀愛，從一開始就不算是戀愛。」

「你所說的本人，目前還不包括木崎店長喔。」

蘆屋終於忍不住如此說道，但沙利葉再次嘲笑般的回答：

「我聽說你是被譽為智將的聰明惡魔，沒想到意外地不明事理呢。」

「你說什麼！」

「覺得和木崎店長在一起很幸福的人，當然只有我而已啊。」

「什、什麼？」

「即使花上一輩子的時間，我也無法確定木崎店長覺得和我在一起幸不幸福。」

「等、等等，你到底在說什麼啊？」

「幸福這種東西，只有本人感覺得到。雖然當然必須努力讓對方幸福，但我的努力有沒有讓木崎店長感到幸福，只有她能夠判斷。我又不是木崎店長，即使我這個天使擁有接近永恆的生命，也絕對無法將她感受到的真正幸福，當成自己的幸福感受。」

蘆屋已經驚訝到完全說不出話來。

沙利葉說話的方式，聽起來像是只要自己覺得好，對方的心情根本就無所謂，但實際上內容完全相反。

「你應該也活了將近一千年。在你不算短的人生裡，有遇過不管看在誰的眼裡，都絕對會被評斷為幸福的事情嗎？我可以確定在我至今的人生裡，都沒遇過那種東西。既然如此，對我來說所謂的幸福，就是不斷努力追求那個連是否存在都不曉得的絕對的幸福。而那個幸福，現

在已經來到我的身邊，而且就存在於現實世界！」

沙利葉大聲宣告完後，指向位於不遠處的麥丹勞幡之谷站前店。

「尤其是那個幸福，已經有前例了！」

「前例……你該不會是指？」

沙利葉用力點頭肯定蘆屋的疑問。

「沒錯！艾米莉亞的存在，就是人類與天使跨越時間藩籬誕生的一種幸福的形式！她的存在曝光後，為天界帶來了極大的震撼。邂逅木崎店長的我，確信那個動搖正是要讓天界與我們天使這個物種脫離長達一萬年的停滯，所產生的生命的吶喊！」

沙利葉高舉雙手，放聲吶喊，雖然經過的路人都刻意繞過他，但蘆屋像是被釘在原地般動彈不得。

「艾謝爾，你也有聽說加百列的計畫吧？」

「……你……」

「我也是直到最近才知道。要是我以前就知道，早在幾百年前就和拉貴爾一起對他下達墮天的裁定了。畢竟當時的我，還不認識木崎真弓這位降臨現世的女神。我以前確信若想讓天界繼續維持下去，美麗的伊古諾拉的引導是不可或缺的……但現在不一樣了。」

沙利葉總算把手放下，撩起自己的長髮。

「只要有大地、天空、海洋與會思考並行動的自己存在，人就能向前邁進。我發現阻止這件事的人，就是自己。追求理想鄉的伊古諾拉如果看見這個地球或名叫日本的世界，一定會判斷這裡是個雜亂又骯髒的不成熟世界吧。但比起缺乏情趣的無菌室，我更想和那些在這個充滿各種顏色的世界，讓我見識到以前不知道的顏色的人們，一起在這個雜亂的世界走下去……啊，如果是在醫院工作的白衣天使，那我隨時都非常歡迎。」

要是沒有最後那句話，這段發言應該還算帥氣，這部分只能說真不愧是沙利葉。

然後，就在這個時候——

「你在路邊糾纏別人做什麼啊。」

不幸在錯誤的時間點突然遇見身穿套裝的木崎真弓，這點也很有沙利葉的風格。

「啊……木、木崎店長，事情不是妳想的那樣。」

沙利葉只有脖子向後轉，以奇妙的姿勢僵住不動。

木崎肩膀上揹著蘆屋以前也曾見過、裝了多到闔不起來的大量資料的側背包，設計洗鍊的厚大衣，讓她看起來就像個能幹的生意人，而這樣的打扮，也為她那彷彿要射穿沙利葉的視線增添更多的魄力。

「你幹嘛在路邊講什麼在醫院工作的白衣天使，自暴自己的癖好啊？」

「不、不是，那個，我是在和這個男人討論何謂幸福這種哲學的話題……」

雙腳發軟的沙利葉，彷彿隨時都會倒下。

「啊，呃，我……」

雖然這樣講也不能算錯，但木崎是真奧的上司，不想惹她不高興的蘆屋，態度不自覺地變得畏縮。

「啊，你是蘆屋先生吧，不好意思，我們商店街的人給你添麻煩了。」

「沒、沒這回事，那個，我剛才真的是在和猿江店長說話。」

「你沒必要袒護這傢伙。要是他真的做了什麼，我會馬上去向商店街的會長和派出所報告，這個男人到底給你添了什麼麻煩？」

「沒事！真的沒什麼！那個，比起這件事！我聽說真奧今天是和木崎店長一起工作！」

「嗯？啊，你是來接他的嗎？」

因蘆屋強硬地轉移話題，讓木崎有些懷疑地瞪向沙利葉，然後順著蘆屋的話題回答：

「不好意思讓你白跑一趟，我和他剛才在電車上道別了，他今天似乎會直接回家。對了，我今天有件事忘了告訴他，請幫我提醒他記得買個新的筆袋，那個磨損到破洞的塑膠筆袋，在研修時或許會給人不好的印象。」

「我、我知道了，我會告訴他。」

「那就拜託你了……喂，猿江，我還有事要問你，你應該願意賞臉吧？」

「那當然，妳想問什麼都行！」

明明不管再怎麼想，接下來要面臨的應該都是比如坐針氈還要嚴厲的說教，但剛才還整個人僵住的沙利葉，馬上就變得像在搖尾巴般，露出開朗的表情。

「那、那麼我先告辭了。」

一發現木崎的注意力轉向沙利葉，蘆屋馬上行了一禮準備離開，但此時，沙利葉卻在背後喊道：

「對了，蘆屋！幫我轉達你的同居人！之前的約定還有效，所以叫他自由選擇自己的人生吧！」

「咦？喔、喔……」

在木崎面前無法擺出強硬態度的蘆屋，對這意義不明的留言感到困惑——

「你別隨便指引別人的人生。不管怎麼想，你都只會害人走偏。」

而沙利葉本人即使被一臉不耐的木崎敲了一下後腦杓，看起來還是很高興的樣子。

其實蘆屋本來打算在麥丹勞坐到打烊，但既然得到真奧已經回家的確切情報，那繼續留在這裡也沒意義。

真奧平常的生活圈，是以麥丹勞幡之谷站前店為中心，而蘆屋之所以待在這裡，是為了警戒連是否存在都不曉得的威脅。

「不過魔王大人要回家前，也不先傳個簡訊給我，這樣我就能早點回去替他準備宵夜了……啊。」

在聽不見木崎和沙利葉的聲音後，蘆屋邊嘟囔邊看向手機，然後發現簡訊圖示的右上角跳出一個「①」的符號。

「……」

收信時間是十五分鐘前。蘆屋打開一看，發現是真奧傳來的簡訊，內容簡單地寫著他馬上就要回家了，蘆屋皺著眉頭說道：

「都怪沙利葉，害我沒發現靜音模式的震動。我記得改變震動方式的方法是……」

蘆屋站在原地和螢幕互瞪了一會兒——

「……」

但手機螢幕最後還是無情地在一臉困惑地僵住不動的蘆屋面前變暗。

超過待機時間後，就進入了休眠模式。

「雖然我也想把待機時間再設長一點……」

蘆屋感覺自己似乎在變暗的手機螢幕對面，看見了某位女性的開朗笑容，接著他什麼也沒做，就直接將手機收進褲子的口袋裡。

「我到底在想什麼啊。」

在那之後，他都沒和鈴木梨香聯絡過。

不過蘆屋每次在登記數量不超過二十人的電話簿裡，看見顯示在最上方的梨香的名字時，都會覺得有一股過去從未有過的感情在內心盤踞。

「……必須快點回去，魔王大人應該已經回家了。」

蘆屋將凍僵的手伸進口袋裡，快步趕回公寓。但在回到房間之前，蘆屋不知為何一直覺得沙利葉的話在後面追趕著他，讓他無法平靜。

◇

在惠美與萊拉的距離稍微縮短的幾週前的那天。

逃離萊拉那令人絕望的房間後，千穗等人在練馬站的摩茲漢堡店內向加百列提出的問題，並沒有馬上獲得回答。

「你們知道諾魯嗎？」

所有人都覺得這是個陌生的詞彙。

因為是加百列講出來的話，所以千穗認為這應該是和安特・伊蘇拉或天界有關的名詞——

「佐佐木千穗，妳沒聽過嗎？」

但加百列不知為何指名身為地球人的千穗回答。

「咦？咦？我嗎？」

「嗯，不如說，在座也只有妳或天禰姊可能知道。」

「這表示～～那個名詞是指地球的某種事物囉～～？」

加百列輕輕點頭回答艾美拉達的疑問——

「所以不是指棲息在北大陸東北部的湖沼地帶～～會在不小心喝了那裡的水的牛體內大量繁殖～～將寄生對象吃得一乾二淨的那種寄生蟲囉～～？」

然後馬上被她接著提出的問題嚇得板起臉回答：

「那是什麼，我才不曉得那種恐怖的生物。」

就在現場所有人都在心裡吐槽「真的有那種生物存在嗎」的時候，加百列總算揭曉答案：

「總、總而言之，諾魯是地球某個國家的名字。那是個國土只比梵蒂岡和摩納哥大、位於太平洋赤道附近的小島國。雖然姑且隸屬於密克羅尼西亞群島，但與周圍的其他島嶼距離遙遠。因為人口不多，所以國防和通貨都是依賴澳洲。在戰爭期間，日本軍似乎還有在那裡設置機場。」

眾人愈聽愈覺得那好像真的是位於地球某處的國家。

雖然千穗就算聽到這裡，也對諾魯這個國家沒有印象，但還是從幾個關鍵字推測出那裡應該是個氣候溫暖、擁有美麗海洋的島國。

不過那個叫諾魯的國家，到底和天界有什麼關係呢？

加百列無視眾人的疑問，繼續說道：

「這個國家在二十世紀時，曾經被稱為地上的天國。首先，所有國民都不需要繳稅。」

「咦？」

千穗嚇了一跳，鈴乃和艾美拉達也驚訝地睜大眼睛。

「不只如此，所有國民都能無條件地獲得基本收入。換句話說國家對所有年齡層的國民，都會以年金的方式提供他們生活所需的資金。這和日本現在發給低收入戶的老年人的國民年金可不同喔？從小嬰兒到老年人，都能領到即使每天三餐都吃外面或是每年換車，都還有剩的金額，他們不用工作就能領到那些錢，而且我要不厭其煩地再說一次，他們不用繳稅。」

「那、那是真的嗎？」

雖然那是遠遠超出千穗常識的環境，但加百列非常認真地點頭。

「嗯，妳會有這樣的反應也很正常。不過這些都是真的。雖然擁有諾魯國籍的人絕對不算多，但他們當時的國民平均所得可是全世界最高，並遙遙領先日本與美國。儘管沒有堪稱富豪的人，全體國民也曾經平等地富裕，即使從世界水準來看，這也是不折不扣的事實。」

千穗像是在聽異世界的故事般，驚訝得說不出話來。

說到異世界，為什麼身為異世界天使的加百列，會知道這種連對地球的日本人來說，都算冷門的國家資訊呢？對此感到在意的千穗，在一開始經歷的衝擊平復後，馬上注意到一件事。

「……曾經？」

「嗯。」

「……那現在呢？」

加百列像是早就在等這個問題般，露出滿臉笑容回答：

「國民的失業率超過百分之九十，是全世界最貧窮的國家之一，現在是透過外交從世界各地獲得援助，才勉強得以存續。」

「為、為什麼會變成這樣？」

缺乏政經知識的千穗完全無法想像到底要發生什麼事情，才會讓地上的樂園陷入現在的困境。

不過政界出身的艾美拉達，馬上就看穿了背後的緣由。

「那個國家～～是不是曾經擁有某種全世界都需要的天然資源呢～～？然後因為那項資源後來枯竭了～～所以才變成現在這樣～～？」

「沒錯，那裡曾經是個盛產磷礦的國家。」

無論是作為工業原料還是農業資源，磷都是不可或缺的存在。

既然工業和農業都需要，就表示全世界都需要。

在諾魯狹小的國土中，有著全世界規模最大、由堆積了好幾萬年的海鳥糞便形成的磷礦。

從二十世紀初開始，想要磷的大國們便接連湧入諾魯，而當地的統治者也不斷隨著時勢改變。

諾魯在第二次世界大戰後獨立為共和國並加入大英國協，之後便逐漸變成加百列所說的樂園，但等到九〇年代時，樂園的影子已經消失無蹤。

「那裡在不過十幾年的短暫期間內，就從樂園墮落為最貧窮的國家。過去以天然資源豐富的出口國聞名的繁華國家，只花了十年就沒落。不過居然能在不到一百年的時間內，就將花了幾萬年累積的東西消耗殆盡，人類真是可怕呢。」

加百列邊說邊準備拿新的薯條，但在發現薯條不知不覺間已經被吃光後，自嘲般的聳肩說道：

「不過會開始衰退也是難免的事情。磷礦枯竭後，來自世界各地的企業和離鄉賺錢的勞工也都跟著撤離，諾魯就這樣愈變愈窮，當然之前的無條件基本收入制度也無法繼續維持。如果沒錢，就連食物都買不起。那麼佐佐木千穗，如果是妳，這時候要怎麼辦？」

雖然千穗有種好像在學校上歷史或公民課的錯覺，但還是拚命用她有限的知識思考。

「應該會去找工作吧，不過因為那就像發生了經濟大恐慌，所以國內應該沒有工作機會。

既然如此，如果只是想要確保糧食，那還能靠農業或漁業勉強維持，不然就是出國工作……」

千穗腦中浮現出許多在課堂上看過的美國經濟大恐慌的黑白記錄影片，以及在教科書上學過的話題。

「答得好。如果是某個自稱一流的傢伙，應該會說直接放棄餓死吧。」

所有人都刻意不去思考加百列所說的一流是指誰。

「這才是正常的反應。不管是誰都不想餓死，如果覺得錢快用完了，正常人都會開始節約花費或是找工作。」

加百列繼續掛著自嘲的笑容說道：

「不過令人驚訝的是，大部分的諾魯國民什麼也沒做。」

「咦？」

「不是做不到，是不做。除了從很久以前開始就持續從事第一級產業的人以外，其他國民幾乎都只是默默地看著產業崩壞與國家的經濟破產。」

「什、什麼也不做，怎麼會？」

「不工作的人沒飯吃這種話，必須要有用工作換取糧食的前人存在才會產生。」

此時，之前雖然偶爾會揶揄艾契斯與伊洛恩、但現在也開始擔心被兩人以恐怖的速度吸乾錢包的天禰也加入對話。

「諾魯的國民能不工作的期間太長了。在靠磷礦業繁榮的時代，國內有工作的大多都是從國外去那裡賺錢的勞工，而在磷礦業繁榮之前，原住民都是靠捕魚或在狹小的土地上耕種維生，因為大部分都是自給自足或以物易物，所以不存在貨幣經濟。因此在不管哪個世代，都不存在『靠工作賺錢』的想法。」

因為就連漁業都是用來自給自足，所以這樣的產業當然不可能充滿活力。

在採掘磷礦時，整座島都被挖得坑坑洞洞，就連自家的庭院都無法倖免，因此發展磷礦業前還存在的農業，現在也變得連想自給自足都有困難。

然而靠工作賺錢的概念，並未滲透到連續好幾世代都不必工作也能過活的諾魯國民的生活中。

當然並不是所有國民都沒工作，那裡的交通、通訊與商業現在仍正常運作，只要有心，也有能力發展觀光，就連衰退的磷礦業，現在也在積極尋找新的礦源。

在國外進修過的政治家們，也想透過不動產業與金融業恢復經濟。

幸好那裡的國民天性溫和，所以即使經濟崩盤也沒發生暴動，原本就稀少的人口也沒有急速銳減。

但最大的難題還是國民的勞動意識異常地低落，富饒時代的飲食習慣與南洋特有的「肥胖就是美」的審美觀，也讓國民的肥胖率與糖尿病罹患率不斷惡化。

推行的經濟政策也不斷失敗，別說是防止衰退了，現在甚至是加速衰退。
最後為了換取國際援助，那裡開始收容難民，結果就連難民都嫌「這種國家根本待不下去」。
在百年的樂園之夢消散的現在，就算想回復成過去那種南洋特有的寧靜島嶼國家，應該也還需要漫長的時間。
這世界居然有這種國家存在，讓千穗難掩驚訝，不過說到這裡，她還是無法理解這個話題和現在的天界有什麼關係。
「唉，這些事我也沒親眼見證過，我在之前待的網咖看了許多關於這個世界的情報，這只是其中之一而已。」
雖然千穗也沒想到這個看不出關連性的話題，居然是異世界的天使透過網路取得的情報，但加百列在說這些話時的表情意外地嚴肅。
「其實現在天界的狀況，正好就跟即將衰退時的諾魯一樣。大部分的天使都過著什麼都不缺的生活。不過包含伊古諾拉和我們這些守護天使在內，也就是所謂的高層人士，都知道不能繼續滿足於這樣的生活，可是誰也不想改變這個狀況，也不願意為此行動。」
加百列的視線從千穗移到鈴乃身上。
「請問一下，你們大法神教徒的終極目的是什麼？你們是懷著什麼樣的期待向神祈禱？」

「期望神給予救贖，並在最後抵達沒有痛苦的理想鄉。大概就是這樣吧。」

現在仍姑且自認是聖職者的鈴乃如此回答。

「不過實際上我們並不認為那樣的世界真的存在於某處，也不認為只要抵達那裡就好。大家一起為了實現那樣的理想而努力的世界，才是聖典內講述的理想鄉，聖・因古諾雷德的主流學派，目前是採取這樣的論點。」

「嗯，那要是沒有任何痛苦的理想鄉真的存在，人類會變成什麼樣子？」

「……嗯。」

鈴乃將手托在下巴上稍微思考了一下，然後馬上就毫不猶豫地開口：

「不是墮落到極點，就是感情與倫理規範變得極度低落吧，無論如何，我們所想的人類社會應該都會崩壞。」

「正確答案！」

加百列做作地拍完手後，天禰贊同地點頭。

「伊古諾拉打造出那樣的理想鄉，而且現在也依然統治著那裡。」

「這是什麼意思～～？」

加百列難得擺出慎選詞彙的樣子，回答艾美拉達的問題。

「在取得只要不被殺就不會死的身體後，人類就不再是人類，變成只是單純活著的某種東

西。」

加百列說完後，用右手在自己的脖子前面比了個斬首的動作。

「雖然天使是不老不死的存在，但其實那個不老不死只代表不會自然死，要是頭被砍掉，或是失去多到光靠代謝無法補充的血量，還是一樣會死。不過法術的基礎理論也有提到，即使心臟被破壞，只要在身上循環的聖法氣多到足以讓心臟回復，那還是有可能復活。唉，雖然我不曉得會不會有後遺症，但即使對普通人來說是致命傷，我們還是很可能獲救。然後聖法氣的保有量會直接與肉體的抵抗力成正比。所以姑且不論原因如何，我們基本上不會感冒，也不會生病。」

「啊，這我之前也有聽過。」

千穗想起學會概念收發（idea-link）之前，在澡堂聽鈴乃講授的內容，她看向鈴乃，兩人互相點頭。

「嗯，不過反過來說，我們天使現在是因為能保存大量的聖法氣，才獲得不會隨著時間經過死亡的身體。就算不吃飯，或是活上好幾千年，也不會因為與代謝、成長或疾病有關的原因而死。只要不被殺害就不會死的人類，待在絕對安全的避難所，過著什麼都不缺的生活，這就是現在的天界。」

就算什麼都不做也能繼續活下去。

那簡直就跟只要活著就能持續獲得生活所需的金錢時的諾魯一樣。

「拜此之賜，我故鄉的人們……天界的居民全都崩壞了。那裡原本和地球或安特．伊蘇拉沒什麼兩樣，是一群擁有普通肉體的人類們聚集的地方。不過在許多不幸與偶然，和伊古諾拉的力量重疊在一起後，我們被賦予天使之名，失去了人類的身分。這也是當然的，因為我們活著並沒有什麼積極的目的。在獲得不老不死後，我們變得可以什麼都不用做，這樣的日子過得太久，如今我們已經忘記要怎麼過有目的的生活。」

就像連續好幾個世代都不用工作也有錢拿的諾魯國民那樣，天界的，不對，加百列故鄉的人民們，也陷入類似的狀況。

「請你們回想一下，至今曾經在你們面前出現過的天使，總共有幾個人？」

「呃……」

千穗再次與鈴乃面面相覷，然後開始用手指計算。

「沙利葉先生、加百列先生、萊拉小姐……」

「拉貴爾、卡邁爾，以及天兵大隊的那些人，在這種情況下，艾米莉亞和路西菲爾應該也算天使吧？」

「你們不覺得少嗎？我們好歹也是在背後操縱安特．伊蘇拉的歷史，類似外星人的高度智慧生命體喔？然而人數居然少成這樣。你們知道魔王進攻安特．伊蘇拉時，動用了多少惡魔嗎？」

「即使只看最後的中央大陸掃蕩戰，應該也有五萬以上的兵力……」

鈴乃看著真奧的側臉說道。

真奧沒有什麼特別的反應，也沒有反駁，所以這應該是正確答案。

反過來講，也可以說有比這個數字多好幾倍的惡魔，被安特．伊蘇拉的人類們殲滅了，但真奧即使覺得自己必須對此負責，也不會因此憎恨人類，這點鈴乃比誰都清楚。

不過就在現場的所有人都記住這個侵略安特．伊蘇拉的魔王軍，在末期剩下的人數後，加百列馬上講出一句令人驚訝的話。

「天界現在的總人口數，不到五千人。其中九成以上的人，都是過著無所事事的生活。除了活著以外，其他什麼都沒做。」

「只有……五千人嗎？」

不管是以一個物種的數量，還是以形成一個社會的人口來說，這都太少了。

面對千穗以沙啞的聲音道出的疑惑，加百列若無其事地點頭。

「我們星球的科技比現在的地球還要進步，法術文明也比現在的安特．伊蘇拉發達。不過我們現在之所以在安特．伊蘇拉以天使的身分自居，就是因為我們的星球毀滅了。」

加百列乾脆地丟出「毀滅」這個詞，讓千穗、鈴乃和艾美拉達都不禁僵住。

因為萊拉曾經對真奧和惠美說過，希望兩人能拯救安特．伊蘇拉人類的危機。

「雖然那真的只是許多不幸累積起來的結果。」

加百列以手托腮，輕輕地嘆了口氣。

「在位於星系中心的恆星活動低落的時期，附近的銀河發生了大規模的超新星爆炸。雖然那件事本身造成的損害，就只有害全世界的手機等通訊機器的系統停擺了一兩天，但問題不在這裡。應該說是宇宙氣流產生了變化吧，超新星爆炸的壓力，不曉得從哪裡帶來了多到足以將我們的星球整個包覆的恐怖有害物質。恆星活動低落的期間，以地球的感覺來看大約是三十年左右。總之我們星球所在的星系，平常是受到恆星的太陽風保護，但在太陽風停止的時期，遠方的超新星爆炸產生的壓力，不幸將在附近的宇宙空間飄盪的有害物質帶到我們的星球，然後也不知道什麼原因，等恆星再次開始進入活動期時，那些有害物質又開始回流到星系中，就像是不幸的連環車禍一樣。唉，不過這些資訊，都是在一切已經無可挽回後，才由伊古諾拉等人組成的科學團隊找出的答案。」

「小加也是當時的其中一個科學家嗎？」

加百列搖頭回答天禰的疑問。

「不，我當時完全不懂什麼科學、醫療或是天文。」

加百列恢復平常輕浮的笑容，開口說道：

「我在母星還活著的時候，是擔任由伊古諾拉負責管理的研究所的警備主任。雖然和專業

的研究者們相比，我的薪水實在少得可憐，但我和研究所的人們關係非常良好。當時也認識了不少大人物……啊，上次講這些事情，都不曉得是什麼時候了。我本來還以為自己已經忘得差不多了……」

加百列突然露出懷念的表情，看著進出練馬站時從窗外經過的人們。

「總之那些有害物質，害整個星球的人都被致死率高到可怕的風土病侵襲。好幾個缺乏經濟實力的國家都毀滅了。伊古諾拉的研究所，是為了針對有害物質與風土病找出有效的對策，從世界各地召集人才建立的組織。研究所位於月球的移民都市。我們在太空探索方面已經累積了很長的歷史，不管是探查星系內的行星，還是讓人移民過去，對我們來說都已經是理所當然的事情。為了從那些有害物質和風土病的陰影下保護人類，我們開始針對各種領域進行研究，醫療、天文、法術、氣象、地球科學、都市政策、建築、基因工學，以及用來活用研究成果的法律、經濟政策和流通技術的開發，總之我們能做的都做了，不過……」

加百列回頭看向正為了追加點餐，而開始搶奪真奧錢包的艾契斯與伊洛恩。

「最後我們還是失敗了。我們既無法拯救星球，也無法拯救人類。明明我們的故鄉遠比地球或安特·伊蘇拉進步，但風土病在星球蔓延不到二十年，那個先進的人類文明就毀滅了。而且原因偏偏還是全世界為了爭奪伊古諾拉關於『不老不死』的研究成果，所發動的戰爭。真是讓人笑不出來。沒想到人類居然如此愚蠢，這讓當時的我們十分絕望。」

「這表示規範圍繞著理想鄉崩壞了嗎？」

「克莉絲提亞．貝爾，可惜這並不是那麼高尚的事情。」

加百列笑著否定鈴乃的疑問。

「人類無法忍耐。他們只顧著追求能一瞬間就將突如其來的災厄吹跑的魔法。其實我們真正該做的，應該是花費好幾個世代打造出能對抗風土病的抗體、在世界各地建造被嚴密管理的衛生避難所、或是花好幾百年在大氣層中形成一道能阻隔有害物質的膜。然而伊古諾拉的才能不允許我們這麼做。她跳過製造抗體這個緩慢的過程，直接創造出名為不老不死的魔法。然後所有人都對此趨之若鶩。大家再也不管其他事情，也無法繼續等待。全世界都開始說『快點把再也不用害怕風土病的理想身體交給我』。那不是什麼規範崩壞，只是因為無法忍耐而自取滅亡。」

「我可以問一個問題嗎？」

「什麼事，天禰姊？」

「那個不老不死的研究，到底是怎麼完成的？」

天禰語氣嚴肅，那是已經知道答案者的詢問。

加百列當然也有發現，他看向終於從真奧那裡搶到錢包、正衝向櫃檯的艾契斯的背影。

「伊古諾拉找到我們星球的生命之樹的痕跡。並找到隱藏在人類當中的質點之子們。」

魔王，暫時缺席。2

在蘆屋被沙利葉耍得團團轉的隔天傍晚。

兩名表情陰沉的少女，出現在充滿聖誕節裝飾的熱鬧新宿。

「唉～～」

在這個被聖誕節商戰染上鮮豔色彩的舞廳中，無論老少都隨著氣氛起舞，但只有她們像是為了映襯周圍的光輝般消沉。

「好鬱悶喔～～」

「也、也不必這麼沮喪吧？」

不對，應該說那是兩名看似少女的女性。

其中一位戴著貝雷帽的女性拉長著語氣說話，另一位用髮簪固定頭髮的女性則語氣僵硬。

不用說，她們就是艾美拉達．愛德華與鎌月鈴乃。

「又不是再也無法過來，只要之後再找時間……」

「就是因為不能那樣～～我才會這麼沮喪啊……唉～～」

艾美拉達恨恨地看著展示窗內的聖誕樹，她的手上握著一個冰淇淋甜筒，即使天氣這麼冷，她還是特地跑去熱門的冰店排隊買了義式冰淇淋。

「明明接下來才要開始變有趣～～我卻還沒機會看見就要回去～～」

鈴乃只能搔著臉苦笑。

艾美拉達是在兩天前收到充滿怒氣的歸還命令。

發信的人不用說，正是在安特・伊蘇拉西大陸代替艾美拉達留守的艾伯特。

至於內容——

『已經到極限了。快點給我回來。不然我就要製造即使明年有一百倍的預算也無法填補的大損害，讓盧馬克把法術監理院解散掉。』

大概就是這樣。

奧爾巴的審判讓整個安特・伊蘇拉陷入混亂，艾美拉達原本只是來向惠美報告這件事的進度，並預定在報告完後過幾天就回去。

然而之後連續發生萊拉出現在日本，以及和伊洛恩等質點之子有關的事件，等回過神時，艾美拉達已經在這裡待了超過一個月。

當然艾美拉達一直有和艾伯特保持聯絡，直到中途為止，艾伯特也因為體貼惠美周圍的狀況而積極提供協助。

但不曉得是發現艾美拉達這幾天都在四處遊玩，還是艾伯特真的無法填補艾美拉達不在的空洞，他最近進行概念收發（idea-link）時的語氣變得愈來愈險惡，並終於在前天對艾美拉達下達了歸還命

令。

「唉～我好想吃聖誕蛋糕～還有烤火雞～」

「不、不如今天的午餐就吃這些吧？只要找有辦聖誕活動的餐廳，應該就能吃得到。」

但艾美拉達本人現在只想享受聖誕節、除夕和新年等日本的風俗文化，所以一路上都抱怨連連。

不過即使如此，為了職責，她還是必須回去。

此外她還必須替留在聖・埃雷工作的艾伯特和海瑟・盧馬克將軍，準備相對應的回禮。

然而惠美今天也要打工，抽不出時間，所以才由鈴乃替艾美拉達帶路。

「那種東西～就是要當天吃才好吃～即使提前享用～也會覺得哪裡怪怪的～」

「是這樣嗎？」

一般來說，日本的聖誕節餐點從很久以前開始，就已經脫離原本的意義變得徒具形式，所以感覺不管什麼時候吃都沒差，但艾美拉達不以為然地揮動手指。

「妳想想看～不管再怎麼美味～年糕湯果然還是要在新年的時候吃吧～？」

「嗯，呃，大概吧，或許是這樣沒錯。」

即使跳過聖誕節拿更後面的節日來舉例，也只會讓鈴乃覺得困擾。

鈴乃還沒體驗過日本的新年，艾美拉達本人對這方面應該也不太清楚，所以就算她舉這個例子，應該也不太貼切吧。

「啊～～可是『年糕湯』這個詞念起來～～感覺好像是義大利或法國的料理喔～～例如披薩・瑪格麗特・年糕湯（註：年糕湯的發音是OZOUNI，念起來很像外語）之類的～～」

「嗯，我聽說最近也不是完全沒有這種搭配。好像也有店家使用義大利或法國的食材，做出類似年糕湯的湯品喔？不過我果然還是最喜歡日式的年糕湯。」

「……貝爾小姐真不會吐槽～～」

「咦？」

艾美拉達不知為何以責備的眼神看向鈴乃，讓後者大受打擊。

「不過～～就算抱怨也沒用～～還是買一買土產準備回去吧～～」

「喔、喔……」

鈴乃就這樣在不明所以的情況下，帶艾美拉達走進新宿站的中央廣場。

接著艾美拉達從外套口袋裡拿出筆記，開始俐落地推斷出目的地。

「首先～～果然還是要買襪子～～」

「襪子啊。嗯？襪子？」

鈴乃看向筆記，發現最上面用大大的字體寫著「襪子」，而且艾美拉達似乎打算最少要買五十雙。

「買這麼多襪子要做什麼？」

「咦～～？這時期的土產不是一定要用到襪子嗎～～？」

「土產要用到襪子？」

「嗯～～聖誕節是送重要的人禮物的日子～～而且禮物一定要裝在襪子裡～～」

「艾、艾美拉達小姐，請妳等一下！妳好像誤會了什麼！」

「咦～～？」

鈴乃偷偷鬆了口氣，慶幸自己在開始買東西前就注意到艾美拉達的錯誤。

「會在聖誕節把禮物裝在襪子裡送人的，只有聖誕老人！而且只有小孩子的禮物是裝在襪子裡！」

「咦咦咦咦咦～～？」

艾美拉達驚訝地大喊，聲音大到引來周圍路人的關注。

「而且艾美拉達小姐接下來要去的地方，是西側出口的UNI×LO吧？我想那個地方……應該沒賣裝得下禮物的襪子。」

雖然鈴乃也沒親眼見過，但艾美拉達想像的那種被當成聖誕組合商品賣的襪子，應該要去雜貨店才買得到。

「我該不會～～徹底誤會了吧～～？」

×50

「是啊。不曉得該說是誤會，還是配對錯誤，總之大人之間的確是有互贈禮物的習慣，而現在買的土產也會被包裝成聖誕節的樣式，所以只要正常地買有日本風格的土產，應該就行了吧？」

「唔……唔唔～～這下麻煩了～～」

「為什麼？」

「因為我以為既然是要裝在襪子裡～～那就應該買細長型的禮物～～所以已經拜託艾米莉亞～～幫我用網路購物訂這邊的酒了～～」

「……呃。」

在戰慄的艾美拉達面前，鈴乃試著從自己稀少的知識中想起網路購物的意思。

「這表示那些酒都沒有特別包裝嗎？」

「我沒有特別要求～～因為我以為要裝在襪子裡～～」

「西大陸現在的季節……啊，不行，那裡也快到聖誕祭了。在這種情況下，身為宮廷法術士的艾美拉達小姐，怎麼能直接送沒包裝的酒給別人呢。」

「沒、沒錯～～所以～～我本來打算照這邊的文化用襪子裝～～」

「先別管襪子了。而且除了艾伯特先生和盧馬克將軍以外，應該沒人知道異世界的事情吧。要是被人問到為什麼要把酒瓶塞進襪子裡，妳打算用哪個大陸的文化當藉口啊。」

「啊……」

艾美拉達臉上的表情，透露出她真的沒想到這點。

「總之我們先去買些包裝紙吧。如果是酒瓶，或許會有制式的盒子。」

「拜、拜託妳了～」

看著艾美拉達難為情的樣子，鈴乃突然覺得自己好像看過其他人陷入和艾美拉達相同的狀況。

鈴乃在回想的同時，也四處尋找有賣包裝用雜貨的店家，直到途中看見麥丹勞時，她才恍然大悟。

艾美拉達剛才的樣子，就是半年前的自己。

鈴乃曾經在搞錯規模和手法的情況下，試圖燒盂蘭盆節的迎魂火，被真奧狠狠訓了一頓。

「貝爾小姐～？」

「啊，沒事，我只是在想自己也變得很了不起了。」

雖然鈴乃沒像當時的真奧那樣賞艾美拉達一記手刀，但不是鈴乃自大，她覺得自己或許正以凌駕真奧與惠美的速度在習慣日本。

當然這都是多虧了真奧、蘆屋和漆原，以及惠美和千穗的協助，即使如此，距離鈴乃以沙利葉和教會手下的身分，和真奧、惠美與千穗敵對的那場騷動，也還不到一年的時間。

「艾美拉達小姐，結果妳到底想買什麼樣的禮物，送給多少人啊？」

「呃～～雖然人數沒那麼多～～」

在搭電梯的期間，鈴乃發現艾美拉達數出來的送禮對象確實不多，而且絕大部分的土產，其實都是買給她自己帶回去的，但這反而讓鈴乃能輕鬆地給予艾美拉達建議。

「真是幫了大忙～～這樣面子總算是保住了～～」

結果除了包裝禮物用的雜貨以外，兩人還四處逛了好幾間店，原本打算在中午前結束的行程，就這樣拖到了傍晚。

兩人手上都拎著多到快拿不動的購物袋，而且她們當然不只買這些東西，之後還會有許多東西送到惠美的家。

「那、那真是太好了，不過，送盧馬克將軍那種土產真的沒關係嗎……」

帶著滿臉笑容向鈴乃道謝的艾美拉達，正抱著一個在電子遊樂場的機台贏來的巨大放鬆熊布偶。

「沒關係～～別看那個人那樣～～她非常喜歡可愛的東西～～」

「那、那真是令人意外。」

鈴乃沒想到年紀輕輕就擔任聖・埃雷騎士團的總帥，並在為了復興中央大陸組成的五大陸聯合騎士團中擔任重責的海瑟・盧馬克居然喜歡可愛的東西，但更讓她驚訝的是，艾美拉達只靠三百圓就拿到了那個巨大的布偶。

「貝爾小姐～～應該也不討厭可愛的東西吧～～？」

「呃，好像是這樣，又好像不是這樣……」

「而且啊～～如果平常有用這種東西和大人物搞好關係～～在申請下年度的預算時也會比較有利～～」

一想到這個被設計得很放鬆的可愛熊布偶，將要被拿來進行高度的政治交易，就讓鈴乃因此板起臉。

不如說做到這個地步，已經等於是賄賂了吧。

曾經一手包辦大法神教會骯髒工作的鈴乃看著放鬆熊愛睏的眼睛，強烈地在心裡希望美麗的東西能持續維持美麗的狀態。

「嗯？這裡是？」

此時，鈴乃突然發現一棟眼熟的建築，然後抬起頭確認。

「啊，艾美拉達小姐，這裡是艾米莉亞以前工作的公司。」

「這樣啊～～！」

艾美拉達抱著放鬆熊，抬頭看向頂樓的招牌，那裡寫著「DoCoDeMo」。

「這表示～～梨香小姐也在這裡工作囉～～？」

「嗯，應該是這樣吧。雖然不曉得她今天有沒有上班。」

這麼說來，鈴乃之前有聽說蘆屋最近開始用的薄型手機，似乎和梨香有關。

和之前買電視時不同，這次只有蘆屋和梨香兩人一起外出。

「……呃，應該不可能吧，畢竟是那個艾謝爾和梨香小姐。」

鈴乃想起之前買電視時，真奧發現梨香的感情的事情，但她馬上像是為了否定自己的想像般用力搖頭。

梨香看起來非常潔身自愛，而且現在的梨香和那時候不同，已經知道蘆屋的真實身分。

梨香當然也知道蘆屋在安特・伊蘇拉做了什麼事，所以應該不可能到現在還對蘆屋……

「唔。」

鈴乃馬上想起身邊還是有個即使知道他們的真面目和真相，依然對真奧有好感的人物，讓她再次陷入必須否定自己想像的困境。

「貝爾小姐～～」

「呃，可是，我記得那天艾謝爾很早就回家了，之後梨香小姐似乎也都沒來公寓。」

「那個～～貝爾小姐～～」

「不、不過最近魔王好像很忙，艾謝爾和路西菲爾的舉動也有點可疑，難不成……？」

「我說貝爾小姐～～！」

「嗯、嗯嗯？怎麼了？」

「妳看那裡～～」

「嗯？」

「是梨香小姐～～」

「什麼？」

鈴乃驚訝地抬頭，然後發現認出兩人的鈴木梨香，正在馬路對面朝這裡揮手。

仔細想想，這時間就算她剛下班也不奇怪。

在這時候經過公司前面，會遇到她也很正常。

梨香一發現鈴乃和艾美拉達也注意到自己後，就比了一個請她們在那邊稍等的手勢，然後遵循附近的交通號誌，穿過馬路走向這裡。

然後在梨香開始過馬路時，鈴乃發現她後面還跟了另一位女性。

雖然鈴乃不認識那個人，但應該是梨香的同事吧。

「鈴乃、艾美拉達，妳們怎麼提這麼多東西啊！看來妳們去大採購了。」

看在鈴乃的眼裡，來到兩人身邊的梨香似乎和平常沒什麼兩樣。

「咦？惠美呢？她今天不在嗎？」

「是的～～其實我～～必須要緊急回去一趟～～」

「咦？是這樣嗎？呃……那個，妳要回老家？」

梨香瞬間將注意力移向後面，然後不自然地搬出「老家」這個詞。

這是在暗示後面的女性不曉得惠美的真實身分。

「是啊～～所以我才想買多一點土產回去～～可惜惠美今天要工作～～」

艾美拉達也確實注意到這點，用「惠美」來稱呼艾米莉亞。

「至於鈴乃小姐～～則是陪我一起出來買土產～～」

「原來如此。不過還真是突然呢。」

「不～～其實也沒那麼突然～～我本來應該更早就要回去～～」

「喔。不過妳還會再來吧？」

「這個～～就要再看狀況了～～」

就算把大工作都處理好，也不見得能再來這裡，這就是當官的難處。

而且還不知道惠美與萊拉的關係接下來會如何發展，視情況而定，艾美拉達或許必須在安特・伊蘇拉以政治家的身分，背負比誰都要沉重的責任。

所以至少在短期內，艾美拉達應該無法輕易地來日本觀光。

「不過我直到前天為止也都待在老家，今天才剛回來這裡。幸好有在妳離開前見到妳。」

「老家？」

「嗯。我的老家在神戶。上次回家大概是兩年前的事情了。等回過神後，才發現已經很久沒回家了……啊，對了。」

此時梨香像是總算想起在自己後面忸忸怩怩的女性，向兩人介紹她。

「她是我和惠美的後輩，清水真季。然後，這兩位是惠美的朋友鎌月鈴乃和……」

梨香瞬間不曉得該不該直接介紹艾美拉達——

「我叫艾美拉達・愛德華～是惠美學生時期的朋友～」

但艾美拉達乾脆地報上本名。

「啊，妳就是借住在遊佐小姐家，她以前留學時認識的朋友吧。」

此時那位女性首次開口。

「我叫清水真季！之前受到遊佐小姐和佐佐木前輩許多照顧！」

「「佐佐木前輩？」」

鈴乃和艾美拉達一時搞不清楚從這位自稱清水真季的女性口中說出來的名字是誰，困惑地互望彼此——

「是指千穗啦。」

注意到這點的梨香補充說明。

「其實真季也認識千穗喔。」

「不如說是梨香小姐告訴佐佐木前輩我家在哪裡，然後邀請她過去的！」

真季不知為何將雙手握在臉前，得意地說道。

雖然不曉得事情的原委，但既然是惠美和梨香共同認識的人，那麼有機會認識千穗也不奇怪。

不過無論怎麼看，真季應該都比千穗年長，為什麼她會叫千穗前輩呢？

「哎呀……該不會妳就是之前收留惠美的人吧～～」

「鎌月小姐和愛德華小姐，也認識佐佐木前輩嗎？」

「嗯，我們非常親密。」

「是啊～」

「遊佐小姐和佐佐木前輩，之後還好嗎？」

「什麼意思？」

鈴乃對真季的問題感到困惑。

「之前啊，惠美和千穗好像一起在真季家討論關於未來的出路。」

「「討論出路？」」

「是的！當時遊佐小姐在我家住了兩天，因為她似乎想了解關於大學的事情，所以包含我念的大學在內，我帶她去逛了幾所學校。最後一天佐佐木前輩也來到我家，而前輩似乎也在為出路煩惱，所以儘管僭越，我還是提供了一些建議。」

「惠美小姐她……」

「大學啊～～？是指日本的大學吧～～」

「是的，她調查了許多和農業有關的科系。」

鈴乃和艾美拉達的腦中，偶然閃過相同的想法。

那就是惠美果然不打算接受萊拉的委託。

雖然不曉得惠美對大學的事情有多認真，但她經常說想將日本或地球的那些便利又先進的道具，帶回安特．伊蘇拉。

此時惠美又突然與父親諾爾德重逢，這件事應該為她帶來了具體的目標，那就是讓故鄉的村落復活。

出生在小麥農家的少女，就算想進修農業方面的學問也很自然，如果真的有心要學，那麼在日本能學到的東西，應該會遠比安特．伊蘇拉多。

日本的大學原則上是四年制，若惠美打算從現在開始認真在日本的大學學習，那至少會有五年無法離開日本。

「如果那是她的選擇～～無論如何我都會支持她～～」
艾美拉達在聽見真季的話後，自然地展露笑容。
「艾美拉達小姐……」
「比起全世界的人類……或是自己的家人～～我現在更想以惠美的人生為優先～～」
艾美拉達的這句話裡面，包含了梨香和真季無法理解的決心。
艾美拉達和鈴乃都曾在練馬的摩茲漢堡裡，聽加百列說明安特·伊蘇拉將面臨的驚人真相與原因。
即使在這樣的前提下，惠美決定棄世界於不顧，打算追求自己的幸福，艾美拉達還是會支持她。
「我會賭上性命～～排除所有想妨礙惠美的人～～難得真季小姐提供了各種關於未來的展望～～惠美應該要好好把握這個機會～～」
「艾美拉達小姐強烈的決心，我深深感受到了。」
關於惠美的事情，鈴乃也抱持和艾美拉達相同的心情。
「要是能和千穗小姐一起上學，惠美小姐也會比較放心吧。」
「嗯～只要志願稍有不同，大學、學系和科系就都會不一樣。要一起念同一所學校，應該是滿困難的。」

真季說完後，像是想起某件事般露出不懷好意的笑容。

「啊，不過佐佐木前輩除了升學和就業以外，感覺還有第三條路可以選呢，坦白講，我對那方面的事情也很在意……」

就在鈴乃和艾美拉達都在納悶那第三條路是什麼時，梨香苦笑地責備真季。

「真季，妳少在那邊不正經。」

「欸～可是啊～」

不知為何眼神發亮的真季毫不退縮。

「這不是很令人在意嗎？只要是認識遊佐小姐和佐佐木前輩的人，應該都會很在意能讓她們兩人如此關心的男人吧。」

「「……唔！」」

鈴乃和艾美拉達拚命忍耐不叫出聲來。

雖然關心的方向正好相反，但無論怎麼想，真季都是在說真奧的事情。

惠美和千穗在真季家商量出路時，到底都說了些什麼呢？

「雖然阿拉斯．拉瑪斯妹妹說那個人的姓氏很怪，但從那孩子叫他爸爸來看，那個男人和遊佐小姐的關係應該並不單純吧！」

真季的推測雖然不完全正確，但也不能算錯，這讓鈴乃和艾美拉達直冒冷汗。

儘管不想對別人的交友關係說三道四，但再繼續讓真奧或惠美身邊的日本人知道真相，絕對不是件好事，對當事人來說，也不會產生什麼正面的影響。

因此鈴乃和艾美拉達實在不希望惠美再製造出或許會讓別人知道她與真奧等人關係的狀況，兩人開始懷疑惠美在這方面的粗心，該不會是遺傳自母親吧。

就在兩人思考這些事時，梨香像是突然想起什麼般問道：

「說到阿拉斯・拉瑪斯妹妹我才想起來，惠美今天明明要上班，鈴乃現在卻和艾美拉達一起出門，那阿拉斯・拉瑪斯今天……」

「嗯？啊，沒錯，因為我今天預定要和艾美拉達小姐一起出門，所以就拜託蘆屋先生幫忙照顧了。」

「嗯，這樣啊。如果是交給蘆屋先生，那就不用擔心了。他手機用得還好嗎？」

「那果然是梨香小姐幫他挑的嗎？」

「是啊。」

「嗯，雖然我很少和他聊天，但他有說過和別人聯絡變方便了。」

「嗯，這樣啊。」

聽到這裡，梨香輕輕微笑，然後轉向真季。

「真季，如果妳不想因為妨礙別人的戀愛被馬踢死，就適可而止吧。相對地，我不是說過我今天會陪妳一整天了嗎？」

「欸……可是我沒有打落水狗的興趣……」

真季以像是覺得不滿又像是不情願的表情皺起眉頭，並說出多餘的話。

梨香的表情瞬間變得像是笑容滿面的惡鬼。

「很好很好，看來今天要通宵了。真季，妳今天就來當落水狗（我）的沙袋吧。我要妳一直陪我到最後，做好覺悟吧。」

「咦？啊，咦？呃，那個……對、對了！機會難得，妳們兩位要不要一起來？」

「「咦？」」

發現自己失言的真季連忙邀請鈴乃和艾美拉達，但遭到梨香的阻止。

「我才不會讓妳逃呢，那兩個人都很忙，妳今天就好好學會什麼叫禍從口出再回去吧，雖然我不打算放妳回家。」

「啊嗚嗚……」

「那麼，不好意思突然攔下妳們。艾美拉達，等決定好哪天要回去後，記得告訴我喔。如果時間允許，我想去幫妳送行。」

「喔、喔。」

「好、好的～～我知道了～～」

梨香抓著名叫真季的神祕風暴朝兩人揮手後，便邁開腳步，但她沒走幾步就停下來——

「幫我轉達惠美，我再過不久應該就能冷靜下來跟她好好說明。今天打擾妳們了。」

「那、那個，失禮了！改天再見！」

回頭如此說道，然後沒等兩人回答，梨香就直接抓著大喊的真季，消失在新宿的人潮中。

兩人被留在傍晚的鬧區，莫名其妙地在原地呆站了一會兒。

「那到底是怎麼回事～」

「不知道，雖然不知道……」

然而梨香在聽見蘆屋名字的瞬間露出的微笑，看起來悲傷到令人心痛，這一定不是鈴乃的錯覺。

鈴乃從以前就知道梨香對蘆屋有好感。

剛才的想像並非杞人憂天，梨香和蘆屋之間，確實發生了某件足以讓兩人的關係產生戲劇性變化的事情。

「想太多也沒用……不過……」

鈴乃也知道梨香和蘆屋的關係，能直接套用到千穗與真奧的關係上。

而這份將惡魔們與人類們緊緊連繫在一起的羈絆，正是萊拉與她的委託。

就目前的情況來看，鈴乃不認為真奧和惠美會答應萊拉和加百列的要求。

即使聽過那些構成一切起因的過去事蹟，鈴乃還是如此認為，她的理由和千穗與漆原一樣——無論以前發生過什麼樣的悲劇，為現在留下了多麼強烈的影響，那都和活在現在的真奥與惠美沒有直接關係。

最後對真奥和惠美來說，要不要答應萊拉的要求，關鍵還是要看他們的個人行程允不允許，而真奥和惠美現在的時間規劃，是以日本的生活為主軸。

然而在另一方面，鈴乃也對其他事情感到不安。

千穗在煩惱與真奥的關係。

沒有戰鬥能力的千穗，無法靠自己的力量決定自己將來的道路，而在萊拉出現後，她開始煩惱自己與真奥到底是什麼關係，並開始想知道答案。

若千穗以某種方式逼迫真奥說清楚兩人究竟是什麼關係，鈴乃實在無法預測真奥內心的天平會傾向哪一邊。

若是「真奥貞夫」，那就有可能和千穗心意相通，並選擇接受千穗。

但「魔王撒旦」，現在依然必須對他的臣民，以及因為侵略安特・伊蘇拉而消散的眾多生命負責。

正因為鈴乃在親征安特・伊蘇拉時，有機會碰觸到真奥內心深層的部分，所以她才完全猜不透真奥心裡的想法。

最讓鈴乃擔憂的，就是或許對真奧來說，接受千穗的心意並不等於和千穗一起生活。

「因為那傢伙意外地愛逃避。」

「妳在說誰啊？」

「嗯，啊，沒事，沒什麼……」

「話說回來～不曉得梨香小姐到底發生什麼事了～」

「不曉得呢，但感覺不是能夠輕易探聽的事情。」

「嗯～……」

「怎麼了嗎？」

艾美拉達看著淹沒梨香和真季的人群，稍微思索了一會兒——

「還是不要回去好了～」

「咦？」

並突然這麼說道。

「呃，那個，不要回去，這、這樣沒關係嗎？」

「嗯～感覺不能就這麼回去～」

「與其說是不能就這麼回去，不如說現在是非回去不可吧？」

「就這麼回去～感覺有點可惜～」

「可惜……聖誕節可以等明年再過……」

「前提是還有明年呢。」

「嗯？」

艾美拉達說得太乾脆，反而讓鈴乃嚇了一跳。

「妳覺得還有明年嗎？」

「呃，這個，該怎麼說才好。」

「就像佐佐木小姐說的那樣，假設魔王或艾米莉亞決定接受萊拉的請求，那不曉得要花上多久的時間。視魔王、佐佐木小姐和艾米莉亞的選擇而定，或許我們將再也無法看到日本的聖誕節也不一定。」

艾美拉達的表情雖然和平常一樣，但語氣變得十分嚴肅，鈴乃完全無言以對。

「所以我現在不能離開日本。在聽完梨香小姐和真季小姐剛才說的話後，我確信艾米莉亞想留在日本。按照艾米莉亞的個性，如果一開始就知道沒希望，她連掙扎都不會掙扎。但艾米莉亞那天不惜瞞著我，也要去真季小姐的家尋找自己的夢想。艾米莉亞想留在這裡。所以我必須留在她身邊，協助她做自己想做的事情。為了讓她不管是明年，還是明年以後，都能在這個國家過聖誕節，所以……」

此時艾美拉達總算看向鈴乃，對她露出笑臉。

「我決定今年要和艾米莉亞一起盡情享受聖誕節～～！好了～～！計畫變更～～！我們去買送大家的聖誕禮物吧～～！」

「啊？請、請等一下？那聖・埃雷和艾伯特先生……」

「我才不管呢～～只要把道歉用的土產全～丟進『門』裡送過去就行了～～那麼～～我們先去買阿拉斯・拉瑪斯妹妹的禮物吧～～那孩子到現在都還沒習慣我～～」

「咦？接、接下來還要去買東西嗎？」

「小孩子的聖誕禮物是最優先的吧～～？貝爾小姐應該比較清楚那孩子喜歡什麼～～」

「那、那個，請等一下！這樣真的沒關係嗎？」

「呵呵呵～～我要用香檳或葡萄酒乾杯～～還要準備蘇格蘭夾心蛋、烤火雞、蔥花鮪魚壽司、伊勢龍蝦和甜栗泥做的樹幹蛋糕～～」

「感覺好像混了很多莫名其妙的東西！艾美拉達小姐！等等我啊！」

鈴乃慌張地追在突然跑起來的艾美拉達後面。

接下來整整兩個小時，鈴乃都被迫陪艾美拉達四處採購，等她回到家時，她已經累到完全說不出話來了。

「貝爾，妳的體力有這麼差嗎？」

「不，這和體力沒什麼關係……」

「不過我聽魔王大人說，妳剛來日本時也亂買了不少東西？」

「呃，也不是這個問題。」

「小鈴姊姊，辛古妳了。」

在新宿被艾美拉達到處拉著跑的鈴乃，正疲憊地靠在二〇一號室的被爐上。

漆原、蘆屋和阿拉斯·拉瑪斯各自闡述自己的感想，而鈴乃一回想起陪艾美拉達購物的過程，又變得更加無力。

「該說是因為人太多才覺得不舒服嗎，總之感覺非常熱……」

雖說是平日，但在十二月的聖誕節商戰時期，提著大包小包在下班時間的新宿連逛好幾間店，可是需要相當的覺悟。

「然後呢？艾美拉達·愛德華回永福町了吧？今天艾米莉亞和魔王大人都還在上班，妳來這裡有什麼事？」

「嗯……」

「嗚？」

蘆屋的問題，讓鈴乃看向被面對電腦的漆原揹在肩膀上的阿拉斯·拉瑪斯。

「唉，該說是艾美拉達小姐的請求，還是來幫她辦事呢。」

「什麼？」

「她好像沒有很得阿拉斯．拉瑪斯的歡心。」

「什麼意思，說清楚一點。」

正在削馬鈴薯皮的蘆屋困惑地問道，似乎無法理解鈴乃想說什麼。

「……抱歉，可以過來一下嗎？」

雖然知道不講白一點不行，但鈴乃不想在阿拉斯．拉瑪斯的面前討論這個話題，因此她依依不捨地離開被爐，把蘆屋叫到公共走廊。

「到底有什麼事？」

「呃，其實……有件必須獲得魔王和艾米莉亞許可的事情。」

鈴乃告訴蘆屋，艾美拉達為了吸引阿拉斯．拉瑪斯的注意，打算送聖誕禮物給她。

「其實我們本來打算今天先買好，但最後還是不曉得阿拉斯．拉瑪斯喜歡什麼，再來也要考慮周圍大人的氣氛。」

「嗯。」

「我記得魔王和艾米莉亞，二十四日和二十五日兩天都要工作吧？」

「原來是這樣啊。」

蘆屋在理解鈴乃想說什麼後點點頭。

除了千穗以外，對聚集在這棟公寓的人們來說，聖誕節只是異世界日本的眾多活動之一。

雖然他們對聖誕節的認識，頂多只有打工的排班表會比較亂的程度，但如果艾美拉達想送阿拉斯．拉瑪斯聖誕禮物，那事情就不一樣了。

教導小孩子何謂節慶，對他們來說是一件重要的事情。

透過教導他們那個日子、那個季節，以及街上的氣氛有多特別，節慶的概念將在孩子心中變成習慣，讓他們未來能持續認識到那股特別的氣氛。

不過問題在於如同剛才所言，聖誕節是日本，亦即地球的習慣，鈴乃和蘆屋都不太重視這個習慣。

鈴乃原本信仰的神就不同，而對身為惡魔的蘆屋來說，更是沒必要特別慶祝人類聖人的紀念日。

「坦白講，我無法判斷該不該教阿拉斯．拉瑪斯關於聖誕節的習慣。」

「我知道妳的意思，但其實怎樣都沒差吧。」

「是嗎？」

「如果艾美拉達．愛德華想送禮物給阿拉斯．拉瑪斯，那我們也沒理由阻止，要是魔王大人他們覺得現在教阿拉斯．拉瑪斯什麼是聖誕節還太早，那只要讓她用別的理由送阿拉斯．拉

瑪斯禮物就行了吧。」

「是這樣沒錯。」

「反過來講，若魔王大人和艾米莉亞想教阿拉斯・拉瑪斯什麼是聖誕節，我們也沒理由反對。雖然找了各種理由，但我和魔王大人在去年的一月，也有去新年參拜。既然阿拉斯・拉瑪斯是在日本生活，那她當然有權利也有必要知道一定程度的社會常識。」

蘆屋的意見可以說是合情合理，但鈴乃心裡還是有個無法坦率贊同的理由。

那就是艾美拉達說的那句話。

「你說的日本生活，究竟會持續到什麼時候？」

「什麼？」

「你覺得會持續到明年嗎？」

「……妳在說什麼啊？」

蘆屋沒有迴避鈴乃抬頭看向自己的視線，輕鬆地回答：

「妳應該也有聽說魔王大人目前在麥丹勞做什麼樣的工作吧？魔王大人在日本的偉大志向，好不容易有了頭緒。妳難道認為我們會放棄這個機會，跑去其他地方嗎？」

「……我可以相信你們吧？」

面對鈴乃苦惱的眼神，蘆屋疑惑地開口：

「哎呀。我還以為真要說起來，妳應該會比較希望魔王大人和艾米莉亞能答應那件事。」

「別太小看人了，我可沒有將朋友的人生當成犧牲品的興趣。」

鈴乃氣憤地說道。

「那就別想太多了。關於要不要送禮物給阿拉斯・拉瑪斯這件事，妳和艾美拉達・愛德華就直接去請示艾米莉亞(母親)吧。」

「……這樣啊，我知道了。」

「說完了嗎？我要回去煮飯了。」

蘆屋說完後直接轉身回房，鈴乃對著那道背影說出臨時想到的疑問。

「艾謝爾。」

「嗯？」

再次被叫住的蘆屋不悅地回頭——

「我今天在新宿遇見了梨香小姐，她很擔心你會不會用手機。」

「……這樣啊。」

此時，蘆屋應該也有發現自己的表情變了吧。

但不論本人有沒有察覺，這已經足以讓鈴乃確定蘆屋和梨香之間應該發生了什麼不尋常的事情。

「你要不要聯絡她一下？」

「說得也是。」

蘆屋簡短回答完後，就留鈴乃一個人在走廊上，直接回房間並關上房門。

「……我們到底在幹什麼啊？」

鈴乃如此嘟囔，沮喪地站在緊閉的二〇一號室房門前。

居然和惡魔一起煩惱要不要教小孩子何謂聖誕節，這玩笑實在開得太大了。

不過鈴乃現在連這種事都要一一確認「是否如常」再陷入自嘲，這讓她有股預感——在這棟公寓度過的既奇妙又舒適、甚至讓人感覺會永遠持續的日常生活，或許正在逐漸消逝。

自從大家一起去練馬那天以來，真奧、惠美和萊拉似乎就再也沒私下交涉過，兩人都表現得好像那天除了參觀萊拉的房間以外，沒發生任何事一般。

「我……到底希望大家怎麼做？」

就在鈴乃快要無法壓抑某種從內心湧出的不知名感情時。

「咦？鈴乃？妳怎麼在這裡發呆？」

不知不覺間，雙手拿著看似在便利商店買的美式熱狗的艾契斯，出現在鈴乃面前。

「啊……是艾契斯啊。魔王已經下班了嗎？」

鈴乃以有些疲憊的表情尋找真奧的身影，然後因為感覺不到他的氣息而顯得困惑。

和阿拉斯・拉瑪斯與惠美一樣，艾契斯和真奧也無法離開彼此一定以上的距離。

平常真奧在麥丹勞幡之谷站前店工作時，笹塚站附近都還算在那個距離的範圍內，不過真奧正在進行的正式職員錄用研修，必須離開笹塚和幡之谷，前往各個不同的地方。

因此艾契斯必然得與真奧同行，話雖如此，真奧也不能當著木崎的面帶著艾契斯到處跑，所以在真奧前往研修的期間，艾契斯得一直維持融合狀態。

「不，他還沒下班，不過他回幡之谷的分店了。他在沒人的地方放我出來，叫我一個人先回家，因為蘆屋現在應該在煮晚餐了。」

和姊姊阿拉斯・拉瑪斯不同，艾契斯非常沒耐性，按照真奧的說法，她似乎吵到每次都讓真奧想盡快解除融合狀態。

然後因為真奧剛好回到幡之谷，所以就趁機放她出來了。

「妳明明是來吃晚餐的，為什麼還要在路上買東西吃？」

「之前小美和天禰有給我零用錢，叫我在去爸爸或小美家以外的地方吃飯時，要先在外面吃一些東西，否則大家會哭。」

「啊……」

在想起艾契斯前幾次來討東西吃，並掏空真奧家的米桶時，蘆屋真的差點哭出來的表情後，鈴乃也忍不住表示認同。

艾契斯一看見鈴乃認同的表情，就有些不滿地鼓起臉頰說道：

「我說啊，我從以前就有點在意。」

「嗯？」

「我真的有那麼會吃嗎？」

「妳……」

鈴乃陷入一種自己明明正站著，卻絆到什麼東西跌倒的錯覺。

然後看來那份錯覺也顯露在臉上，讓似乎察覺到什麼的艾契斯，表情從不滿轉變成放棄。

「原來如此，果然是這樣啊。」

「艾、艾契斯？」

「我隱約也有察覺到。」

面對可能連「隱約」這個詞是什麼意思都不曉得的艾契斯，鈴乃在各種意義上都不曉得該說什麼才好。

就鈴乃所知，她根本就沒看過艾契斯沒吃太多的樣子。

雖然和吃下去的東西相比，艾契斯的體型並沒有什麼明顯的變化，但即使找全宇宙最厲害的律師過來，也無法顛覆艾契斯是個誇張的大胃王這個世界判決吧。

「嗯～看來只能直接和真奧談判了吧？」

接著艾契斯突然如此說道。

「和魔王直接談判？談什麼？」

「很多事。例如叫蘆屋多買一些米，融合期間要讓我吃比平常多一倍的東西，或是買手機給我之類的。」

雖然鈴乃沒想到艾契斯還沒放棄手機，也覺得這根本不是米量的問題，但遺憾的是，就連鈴乃也知道艾契斯所說的那些事，絕對不可能獲得真奧的許可。

「不，或許意外行得通。只要拿姊姊來當擋箭牌，要搞定真奧根本是易如反掌。」

「那個王牌可是如果用太多次，就連艾米莉亞和艾謝爾都會與妳為敵的雙刃劍喔？」

鈴乃也知道艾契斯在想要別人答應自己的要求時，經常用阿拉斯·拉瑪斯當藉口，但考慮到阿拉斯·拉瑪斯的將來，無論真奧、惠美、蘆屋還是鈴乃，都不會輕易答應艾契斯的要求。

實際上——

「我都聽到囉！」

二〇一號室內傳來蘆屋牽制的聲音，讓鈴乃和艾契斯都不禁嚇得縮起脖子。

「哎呀，失敗了，我忘了這棟公寓的牆壁很薄，下次得在不被發現的情況下擬訂計畫。」

「艾契斯……」

明明才剛被人罵過，艾契斯看起來卻一點都不愧疚，就連鈴乃都忍不住傻眼。

「雖然跟路西菲爾一樣給別人養的我沒什麼資格說這種話，但現在不是可以提出這種要求的時期嗎？所以我不會放棄！」

「嗯？可以提要求的時期？」

「沒錯！雖然真奧一直在裝傻，但我可是知道的！聖誕節是可以吃大餐的日子！」

「咿……」

鈴乃千鈞一髮地閃過從艾契斯吃到一半的美式熱狗濺出來的番茄醬，然後感覺自己似乎聽見二〇一號室裡傳來男性驚訝的慘叫聲，但她刻意不去思考並裝作沒聽見。

「等、等等，艾契斯！妳先把東西吃完再說！要是番茄醬沾到衣服，會變得很難洗！還有，在阿拉斯．拉瑪斯面前，還不能提起這個話題！」

「咦？不能提熱狗？」

「不對，是聖誕節啦！」

說完後才發現自己聲音太大的鈴乃，連忙降低音量對艾契斯耳語道：

「那個……阿拉斯．拉瑪斯還不知道聖誕節。難得有這個機會，先不管之後要怎麼過，總之還是先保密，等之後再逗她開心比較好吧？」

「喔！原來如此！也就是所謂的驚喜吧！」

雖然鈴乃剛剛才在和蘆屋討論要不要教阿拉斯．拉瑪斯什麼是聖誕節，但她很清楚如果想阻止艾契斯，就只能用會讓艾契斯覺得有趣的方法。

只要說是為了讓阿拉斯・拉瑪斯高興，至少直到當天為止，艾契斯應該都不會向阿拉斯・拉瑪斯洩漏聖誕節的概要。

「我知道了！那包含這件事在內，我會和真奧好好商量。不過我現在正因為做了不習慣的事情而情緒激動，所以還是等稍微冷靜後再說吧……」

艾契斯展現只有鼻子上方維持嚴肅的表情，同時將雙手的熱狗塞進嘴巴裡的特技，沒多久她的兩隻手上就只剩下竹籤。

「總之我知道要給姊姊驚喜了！那鈴乃妳有什麼想法嗎？」

「啊？呃，那個，我還在計畫階段，但艾美拉達小姐非常有幹勁……」

突然被點名的鈴乃，順勢說出艾美拉達的計畫。

雖然鈴乃沒有說謊，但要是讓艾契斯知道還有其他人在針對聖誕節策劃活動，之後在關鍵時刻或許會無法制止艾契斯也不一定。

不過話一說出口，就無法取消。

艾契斯的眼神變得閃閃發亮，露出幹勁十足的表情，她將吃剩下的竹籤當成勇者的聖劍高高舉起，大聲喊道：

「嗯！我有幹勁了！然後肚子也跟著餓了！」

「什麼？」

「貝爾！妳這傢伙！給我記住！」

「蘆屋，魔王差不多要回來了，今天晚餐吃什麼！」

面向公共走廊的廚房窗戶立刻傳來蘆屋怨恨的聲音，接著艾契斯便衝進二〇一號室。

「真是恐怖的暴風……」

這陣暴風在從鈴乃面前離開後，接下來應該會在二〇一號室內發威吧。

「……真沒辦法。這樣有點對不起艾謝爾，既然魔王也要回來了，那我就隨便做些能填飽肚子的東西分給他們吧。」

該說是多虧了艾契斯，還是都要怪艾契斯呢，一想到接下來應該就會聽見蘆屋的怒吼聲，鈴乃強制自己轉換心情，決定先回二〇二號室一趟。

※

在艾契斯蹂躪完魔王城的晚餐後，又過了幾個小時的深夜。

阿拉斯．拉瑪斯睡在惠美位於永福町的家裡的床上，發出平穩的呼吸聲。

在床旁邊的地板上，艾美拉達正摸著惠美的背，安慰懊惱地蹲在地上的惠美。

「唉～～別那麼沮喪嘛～～」

「妳覺得我能不沮喪嗎？」

「這也沒辦法啊～～艾米莉亞也有很多事情要忙～～而且這本來就是安特·伊蘇拉沒有的習俗～～」

「才不是這個問題……」

惠美頭也沒抬地呻吟道。

「不管自己再怎麼忙，都不能構成沒替阿拉斯·拉瑪斯著想的理由……明明這孩子也經歷了許多辛苦的事情。」

此時惠美總算抬起頭，攤開快要被握爛的排班表。

「啊啊，怎麼會這樣。」

惠美開始詛咒自己一個月前的輕率。

十二月二十四日和二十五日。

惠美和真奧都確實地排了班。

「真是的……」

然後惠美又再度抱著頭蹲下。

「早知如此～～或許不要說會比較好～～」

惠美激烈的反應，讓艾美拉達感到有些困惑。

惠美在下班後去魔王城接阿拉斯・拉瑪斯，接著便返回公寓。

艾美拉達等惠美哄阿拉斯・拉瑪斯睡著後，才在沒什麼特別意圖的情況下，詢問能不能送阿拉斯・拉瑪斯聖誕禮物。

然而艾美拉達才剛問完，惠美整個人就僵住了。

『聖……誕節？』

『嗯、嗯～那個～～我聽說是慶祝這邊的聖人誕生的祭典～～』

『聖誕……節？』

『艾、艾米莉亞？』

『聖誕節，是什麼時候？』

明明阿拉斯・拉瑪斯才剛睡著，惠美卻發出讓人擔心會不會吵醒她的慘叫。

然後惠美在確認完日曆和排班表後，就一直是這樣的狀態。

「因為我去年……根本就不在意……唔！」

「艾、艾米莉亞～～妳別太責備自己～～……」

「為什麼我直到今天都沒發現呢……無論是提交排班表志願時，還是排班表出來時，或是沙利葉吵著說肯特基開始提供預約炸雞桶的服務時，我明明有那麼多機會能發現……」

「那個～我也覺得再怎麼說應該都會在其中一個時間點發現～」

說到沙利葉的部分時，艾美拉達也露出苦笑。

「那是聖人的生日吧？我無法理解那種歡樂的氣氛，所以去年也在覺得奇怪的狀況下度過。雖然我姑且也有買蛋糕，但只是在附近的便利商店獨自買了個小蛋糕來吃，完全不覺得自己做了什麼特別的事，所以……」

「因為妳實在太忙了～最近甚至只有往返住家、公寓和職場～所以才沒特別注意街上熱鬧的氣氛吧～」

「而且從明天開始，所有員工上班時都要戴聖誕帽……啊啊，真是的！」

惠美似乎並非遺忘聖誕節的存在。

只是去年的經驗反而構成妨礙，她完全不覺得這天是要慶祝什麼，或是和別人一起熱鬧度過的日子。

她只記得街上的裝飾在二十五日晚上到二十六日早上的短暫期間內，就一口氣從聖誕節變成新年，並因此嚇了一跳。

「沒關係啦～就算在其他日子慶祝也沒什麼不好吧～反正這實際上和我們沒有直接關係～」

「的確，這個節日是和我沒什麼關係。不過……我明明想教導阿拉斯・拉瑪斯接下來還有許多快樂的事情……結果從一開始就……嗚嗚……」

「呃～」

惠美的這句話，讓艾美拉達露出有些意外的表情。

「妳想教她什麼是聖誕節嗎～～？」

「嗯。」

「換句話說～就是妳明年也想再過一次聖誕節～～」

「……嗯。」

「…………這表示～～」

「我沒有什麼特別的意思。」

惠美總算起身，深深嘆了口氣。

「我不曉得明年地球的十二月二十五日，我和阿拉斯・拉瑪斯會在哪裡。畢竟去年的現在，我還在想絕對要打倒魔王返回安特・伊蘇拉，而前年的現在則是一直在戰鬥。而明年的現在，我一定會笑著後悔自己去年做出不小心在這天排了打工的蠢事吧。」

「……不過～～妳在明年的今天～～一定也會和這孩子在一起吧～～」

「……嗯。」

「除了這孩子以外～～還有其他人嗎～～？」

「我會跟大家在一起。」

「就是大家，我在那時候珍惜的所有人。」

「大家是指～」

說完後，惠美起身從包包裡拿出手機，打了一通電話。

「喂，你現在方便講電話嗎？我好像聽見你背後有奇怪的哭聲，該不會在忙吧？喔，艾契斯去你那裡吃晚餐啊……那還真是不幸。」

因為有提到艾契斯的名字，所以艾美拉達推測惠美講電話的對象，應該是Villa·Rosa笹塚的某位居民。

「然後，我想跟你討論關於聖誕節的事情……不是啦。現在的人手已經夠吃緊了，我才不會臨時說要調班。不是啦，艾美她……你已經聽說啦？沒錯……嗯，我這邊感覺也差不多。總而言之，事情的開端是艾美說想送阿拉斯·拉瑪斯聖誕禮物……嗯，就是這樣。所以啊，雖然當天已經沒辦法了，至少二十三日或二十六日其中一天，就算只有我們其中一個也好，不曉得能不能替她做什麼。這樣啊。」

此時，艾美拉達感到有些意外。

惠美通話的對象是真奧。在和阿拉斯·拉瑪斯有關的事情中，會讓惠美說出「我們其中一個」的對象，就只有真奧。

在艾美拉達的注視下，惠美持續和電話另一頭的對象談話——

「咦？啊，等、等一下，千穗那邊還沒……咦？你問為什麼……沒為什麼啦！雖然最後會和她好好商量，但現在還有點太早了！總之需要商量時，我這邊會主動去找她，就算明天見到她也不能說多餘的話喔？照我說的做就對了！」

真奧應該是提議找千穗商量吧。雖然惠美馬上明顯表現出動搖的樣子，但沒聽見完整對話的艾美拉達，不曉得為什麼會這樣。

「艾美？嗯，她好像不回去了。我不知道，但既然艾美說沒關係，那應該就沒關係吧。嗯，好，再見，辛苦了。」

這段通話持續了幾分鐘，最後在雙方的聲音都沒有特別激動的情況下結束。

「是魔王嗎～～？」

「嗯，他好像正準備就寢，所以有點不高興。」

雖然艾美拉達很在意究竟是誰在睡前仍在電話的另一頭哭泣，但惠美沒特別提及這個話題，看向高舉著雙手躺在床上睡覺的阿拉斯．拉瑪斯的睡臉。

「他似乎理解我想說什麼。不過那傢伙是惡魔吧？所以他好像也沒想過聖誕節要替阿拉斯．拉瑪斯做什麼，變得有點沮喪呢。」

「沮喪啊～～」

「因為是和阿拉斯・拉瑪斯有關的事情。」

惠美將手機插上充電器放到桌上後，虛脫似的嘆了口氣。

「尤其魔王最近又特別忙，即使知道聖誕節快到了，也沒什麼現實感。他還找藉口說，他以為那天是人類大吃蛋糕和雞肉的日子。」

「麥丹勞的蛋糕不是只有慶生版本嗎～～？」

「他去年好像沒有排班，而是和艾謝爾一起去某間便利商店打工賣蛋糕的樣子。」

惠美說完後，看向鈹巴巴的排班表。

「雖然千穗二十四日休息……但和之前慶生會那次不同，無法確定魔王的研修會怎麼安排，所以不能在店裡舉辦。」

「要是辦在店裡～～而阿拉斯・拉瑪斯妹妹又在魔王和艾米莉亞都在的時候喊『媽媽』～～那才會造成恐慌吧～～？」

「說得也是，而且上次的生日派對其實算是遊走規則邊緣，這次當天還有其他的打工前輩在，所以沒辦法這樣。唉，到底該怎麼辦才好。」

說著說著，惠美看向擺在衣櫃上的相框。

那是大家在十月為惠美和千穗舉辦聯合生日派對時，送給她的其中一個相框，除了真奧以外，裡面的相片以惠美和千穗為中心，拍下了所有參加那場活動的人。

真奧當時不知為何頑固地不肯入鏡。

拍這張相片的人是真奧，即使蘆屋說要幫他拍照，真奧也以強硬的語氣表示自己正在上班而拒絕。

艾美拉達也跟著惠美望向相片，看著在惠美旁邊露出笑容的千穗問道：

「為什麼不能找佐佐木小姐商量呢～～？比起讓不清楚聖誕節的我們來策劃～～還是徵詢她的意見比較確實吧～～」

「啊……那是因為……」

面對艾美拉達的疑問，惠美稍微考慮了一下後開口，但遲遲接不下去。

不只如此，她的臉還不知為何變得有點紅。

「那個……不曉得是我想太多，還是自我意識過剩，總之或許是這樣也不一定。」

「什麼～～？」

「最近啊，我和千穗好像微妙地有點處不好。」

「咦咦～～？難道妳和佐佐木小姐吵架了嗎～～？」

艾美拉達發自內心感到驚訝。

雖然艾美拉達與千穗還不算很熟，但她很難想像惠美與千穗失和的狀況。

「不是，不是那樣啦。我們會正常地說話，也沒有吵架。不過只要是和阿拉斯・拉瑪斯有關的事，無論如何都必須提到魔王，而一開始就找千穗商量這種事，總覺得，有點不太對。」

「咦咦～～？我聽不太懂妳在說什麼～～？」

「唔，我也不曉得該怎麼說才好。啊啊，害我莫名地流起汗來了。」

「艾米莉亞～～？妳好像有點怪怪的～～？」

「我、我知道啦，我自己最清楚自己有多奇怪。那個，簡單來講……」

在這個寒冷的天氣中隱隱冒汗的惠美，一面用手替自己搧風，一面刻意拿起空調的遙控器確認溫度。

「……我，在之前的那起東大陸事件中，不是受到魔王很多幫助嗎？」

「是啊～～」

「然後，那個，我現在又是麥丹勞的新進員工，所以當然是由身為時段負責人的真奧在負責我的實習。」

「嗯～～」

「在這段期間，萊拉突然現身，然後，我不是做了很多丟臉的事情嗎？」

「我無法否定呢～～」

「對吧……唉……」

惠美像是有些後悔，又像是非常疲勞，又或許是想要將超出她處理能力的心情好好整理般

地說道：

「魔王……在這段期間，一直對我很溫柔。」

「…………………嗯嗯～～？」

艾美拉達驚訝地睜大眼睛。

「所以……我……好像害千穗吃醋了。」

「嗯嗯嗯嗯～～？」

「前陣子去萊拉的家之前，我和魔王……那個，發生了很多事。」

「嗯嗯嗯嗯嗯嗯嗯嗯嗯嗯嗯嗯嗯嗯嗯嗯嗯嗯嗯嗯嗯嗯嗯嗯嗯～～？」

也不曉得艾美拉達有沒有聽懂惠美說的話，艾美拉達彎著腰靠近正抱著頭逃避自己視線的惠美。

「艾米莉亞。」

然後在惠美的耳邊低聲說道：

「妳希望我對妳說什麼？」

「…………呃。」

惠美沉默了約三十秒後，才以細若遊絲的聲音說道：

「…………我不知道。」

「那我可以坦率地說出我的感想嗎？」

「…………嗯。」

「視情況而定，我或許必須立刻去討伐魔王才行。」

艾美拉達的聲音是認真的。

「感覺現在的艾米莉亞，和我以前認識的艾米莉亞完全不同。視讓妳變成這樣的原因而定，我在各方面都必須做一些適當的回應。」

「…………那個？」

「我現在非常情緒化。先不管剛才那些理由，我想知道妳和魔王之間發生的『許多事』，究竟是怎麼回事。」

「等、等一下？什、什麼都沒有喔？完全沒有任何奇怪的事情……！」

說到這裡，惠美再次回想起那個「發生重大故障的夜晚」，這讓她的臉又變得更紅。

然後，艾美拉達並沒有漏看惠美這顯而易見的變化。

「光是妳知道發生了某件足以讓佐佐木小姐嫉妒的『事情』，就已經在我心裡颳起了一場暴風。一點都不平靜。」

「真、真的沒什麼啦！只是一堆沒什麼大不了的事情累積起來！」

「那就說清楚啊。既然是沒什麼大不了的事情，那應該可以說吧？那個粗暴又骯髒的惡魔，到底對我重要的艾米莉亞做了什麼？」

「我、我就說沒什麼了！」

「小聲點，妳這樣會吵醒阿拉斯・拉瑪斯妹妹喔。」

「這、這都要怪艾美用奇怪的方式逼迫我吧！我會說！我會說啦，先離我遠一點！」

惠美慘叫道，而艾美拉達也真的乖乖順從她的要求，在離她有段距離的地方端正坐好，緊盯著惠美的眼睛。

「真、真的沒什麼啦。」

由於艾美拉達的眼神太過恐怖，讓惠美忍不住說了句像是藉口的話，但在聽惠美說明的過程中──

「唉～～真是愚蠢透頂～～」

艾美拉達的姿勢愈來愈隨便，眼神也從責備轉為呆滯，最後甚至開始躺在地上，吃起不曉得從哪裡拿出來的煎餅。

「妳知道嗎～～？這在地球～～就叫做斯德哥爾摩症候群～～」

「我知道啦，我有調查過！」

另一方面，惠美則是覺得自己快要被上升的體溫和冷汗溶化掉。

「唉～～？我啊～～？不管表面上感情變得多好～～？我也完全不認為魔王和艾米莉亞之間

～～？會真的發生什麼事喔～～？唉～～佐佐木小姐也真是的～～明明外表看起來那麼成熟～～但果然還是個女孩子～～」

這句話由外表看起來遠比惠美和千穗年幼的艾美拉達來講，實在是很沒說服力。

「唉～～考慮到那個魔王的性格～～也不是不能理解吧～～？這些事與其說是為了艾米莉亞～～？不如說都是為了阿拉斯·拉瑪斯妹妹還比較說得通～～？除了妳在內心一團亂時～～？不小心抱住他這件事以外～～？」

「嗚嗚嗚嗚嗚嗚。」

惠美開始希望自己能當場溶化消失掉。

「不過從頭到尾～～都沒發生足以讓佐佐木小姐嫉妒的事情吧～～」

「可、可是魔王和萊拉真的都這麼說。」

「魔王和艾米莉亞之間的距離～～原本就不是普通的遠～～所以即使只有發生普通的事情～～看起來也會像是距離突然大幅縮短了～～」

「唔……或、或許是這樣沒錯，」

「唉～～愚蠢透頂～～真是愚蠢透頂～～」

「別、別一直說人家愚蠢啦！我自己也很混亂！」

「啊啊～～安特·伊蘇拉奪走艾米莉亞青春的代價實在太大了～～偏偏一起辛苦旅行的男性

~又只有邋遢的大叔和老頭~~唉~~」

惠美發現艾美拉達錯愕的程度，可以說和萊拉不相上下。

不過無論如何，站在惠美的立場，她只覺得就算對她說這些也沒用。

「不過~~如果是這樣~~那我大概也能理解為什麼不方便找佐佐木小姐商量~~畢竟總不能跟她說『我想和妳單戀對象的小孩開聖誕派對，可是我已經先排好班了，怎麼辦』~~」

「艾美！」

艾美拉達過於直接的說法，讓惠美發出不曉得是憤怒還是驚訝的慘叫——

「唔嗯……」

「啊……」

但因為阿拉斯．拉瑪斯表情不悅地翻身，她只好再次閉上嘴。

「我知道了~~既然如此~~身為提案者~~就由我來找佐佐木小姐和貝爾商量~~想辦法解決吧~~」

「咦？是、是嗎？」

「啊……還是也拜託梨香小姐會比較好呢~~之前的生日派對也一樣~~感覺梨香小姐應該會提供許多好點子~~」

「咦，啊……那個，梨香……」

「怎麼了～～？該不會妳最近和梨香小姐也處得很尷尬～～？」

「不、不是那樣啦……」

「我今天有遇見她～～但她看起來和平常沒什麼不一樣喔～～？」

「咦？妳有遇到梨香嗎？」

「嗯～～在公司前面～～她好像正要和一位叫真季的後輩去喝酒～～而且她最近似乎有回位於遠方的老家一趟～～」

真季應該就是指清水真季吧。

至於回老家，應該是指回她的故鄉神戶吧，但惠美不曉得這件事。

當然梨香本來就沒義務逐一向惠美報告自己的行動，但梨香在傳簡訊說要和蘆屋一起出門後，至今都沒和惠美聯絡，如果她在這段期間回老家，那在各方面都讓人感到介意。

「啊……還有～～雖然我很猶豫該不該告訴妳～～但她有託我傳話～～」

「什麼？」

「她要我告訴妳～～她再過不久應該就能冷靜下來跟妳好好說明～～雖然我不曉得這是什麼意思～～」

雖然艾美拉達不曉得，但惠美只想得到一件事。

「……這樣啊，我知道了。」

「這也和不能找梨香小姐商量的原因有關嗎～～？」
「嗯，討厭，我已經搞不清楚到底哪些事情有關，哪些事情無關了。」
「艾米莉亞～～？」
「明年……明年我到底會在哪裡，又會覺得誰很重要呢？」
「俗話不是說～～一提起明年的事情就會被惡魔笑嗎～～？」
「是鬼啦，鬼和惡魔完全不一樣，被鬼笑還比較好，要是被惡魔笑……」
惠美低下頭，抱住雙腿。
「現在的我真的會覺得很沮喪。」
「……」
到了這個地步，就連艾美拉達也不曉得該說什麼才好。

※

就在艾美拉達聽完惠美那通俗到極點的告白的隔天。
艾美拉達乾脆地用概念收發（idea-link）通知艾伯特自己還不打算回去。
艾伯特聽見時瞬間驚訝到說不出話來，但因為他知道艾美拉達這麼做一定有她的理由，所

以只能以徹底死心的聲音——

『我可不管之後會怎麼樣喔。』

丟下這句臺詞，然後中止概念收發。

雖然艾美拉達很高興能得到對方的理解，但因為最後那句話太讓人生氣，所以她在心裡發誓絕對不買土產給艾伯特。

「嗯～～不過～～佐佐木小姐應該不可能嫉妒艾米莉亞吧～～」

明明已經接近中午，但艾美拉達依然穿著睡衣，舒服地窩在惠美床旁邊的客用棉被裡想事情。

「嗯……不管再怎麼想～～不知道的事情就是不知道～～」

接著她又睡了快一個小時的午覺，等醒來後才終於起身——

「只要實際去確認一下就行了～～」

並想到一件不得了的事情。

她看向被貼在冰箱上的那張因為昨晚的事情被揉得皺巴巴的排班表，發現今天惠美、千穗和真奧傍晚都要上班。

「一見～～便等於百聞～～踢落懸崖再搗碎～～」

艾美拉達哼著神祕的歌曲，愉快地開始準備出門。

不過距離千穗的上班時間還有一段時間，即使現在去麥丹勞也無法好好觀察，甚至有可能被看穿她企圖的惠美趕回去。

因此——

「事情就是這樣～～請讓我採訪你一下～～」

「雖然我聽不太懂，但妳請隨意。」

三十分鐘後，艾美拉達出現在Villa・Rosa笹塚一〇一號室，和諾爾德與伊洛恩一起坐在被爐裡。

雖然諾爾德被突然來訪的艾美拉達嚇了一跳，但還是歡迎她進房。

「你好啊～～伊洛恩～～」

「……妳好。」

伊洛恩正在看書。

那似乎是本日文書，艾美拉達以眼神詢問諾爾德。

「啊，那是志波小姐給他的，雖然都是在舊書店買的，但這些孩子似乎不用特別教，也能理解這個國家的語言。啊，請用。」

艾美拉達收下諾爾德遞過來的茶杯，從內側溫暖變得有點冷的身體。

「那個～～我今天想問的只有一件事～～」

「嗯？」

「我想請問艾米莉亞的爸爸～～對將來與女兒結婚的男性～～有要求什麼條件嗎～～？」

「…………………嗯？」

諾爾德無法理解這個問題的意圖，瞬間僵住。

「呃～～我絕對沒有什麼特別的意思～～只是雖然我目前還是單身～～但我想父母一定是將子女的幸福擺在第一位～～」

「那、那是當然……」

「我想知道的是～～你希望艾米莉亞以後過什麼樣的生活～～」

即使無法掌握臉上始終保持笑容的艾美拉達有什麼意圖，諾爾德依然端著杯子思考了一會兒──

「……沒什麼特別的。」

然後如此說道。

「咦～～？是這樣嗎～～？」

「嗯，沒有。」

諾爾德將手靠在被爐上以手托腮，表情嚴肅地說道：

「畢竟我和萊拉都是沒能讓女兒度過幸福人生的父母。這樣的我們，應該沒資格對將成為艾米莉亞伴侶的男性說『請你讓我的女兒幸福』吧。」
「這是資格的問題嗎～～？我覺得比較接近父母的義務～～」
「雖然艾美拉達小姐這麼說，但自從搬來在這裡後，我偶爾也會思考這個問題。而每當思考艾米莉亞未來要怎麼活下去時，我都會覺得或許讓她在日本定居，意外地是個好主意。」
「這是為什麼呢～～？雖然這樣講有點多管閒事～～但艾米莉亞在旅行的期間～～一直都希望能和父親一起讓故鄉的田地復活喔～～？」
「嗯，我知道，艾米莉亞也有跟我說過。不過，正因為我在日本生活了一段很長的時間，所以對這裡也變得比較熟悉一點了。」
諾爾德苦笑道。
「這個國家……不對，這個世界，應該沒有比艾米莉亞強的男性吧？」
「…………嗯…………應該吧～～在各方面都是如此～～」
就連艾美拉達，也為諾爾德的直言不諱感到驚訝。
「既然如此，那艾米莉亞不管和誰結婚，應該都不會不幸吧。妳不這麼認為嗎？」
「感覺這想法有點太跳躍了～～」
「在旅行的期間，她的精神應該也獲得非比尋常的成長了吧。在這個國家體會到的孤獨，也鍛鍊了艾米莉亞。雖然能不經歷這些事情當然是最好，但既然都已經是過去的事情了，就應該設法讓這些經驗對她的人生有所幫助。而且那孩子也不是笨蛋，應該不會被懶惰的人或缺乏內涵的男性吸引，所以只要是那孩子選擇的對象，我都不會有意見。」

「……原來如此～～」

「好奇問一下，有跡象顯示艾米莉亞有那種對象嗎？」

「不～～那個～～目前還沒有……要是她真的有那種對象～～我反而無法找你商量這種事～～」

「說得也是。」

諾爾德戲謔地笑了一下。

「那麼～～我想問個有點尖銳的問題～～」

「好啊。如果我能回答的話。」

「好的～～那我就不客氣了～～」

艾美拉達表情不變地問道：

「你覺得艾米莉亞～～明年也會在這個國家慶祝聖誕節嗎～～？」

「…………」

諾爾德陷入沉默。

「艾契斯說……聖誕節是能吃到許多美食的日子。」

相對地，伊洛恩維持原本的表情，做出徹底被艾契斯影響的發言。

若天禰或蘆屋在場，他們的表情一定會僵住。

「還有明年、後年，或是再後年。」

艾美拉達的語尾失去了柔和。

「你怎麼認為？」

「這……」

「你應該知道吧？你的妻子，期待艾米莉亞做什麼。」

「……嗯。」

宛如喉嚨生鏽般，諾爾德的聲音變得苦澀。

「我之前也說過，我是站在艾米莉亞這邊。我的這份心意不輸佐佐木千穗小姐，我比誰都要支持艾米莉亞去做自己想做的事情。所以我絕對不樂見她投身於自己不希望的戰鬥。即使全世界都這麼希望也一樣。」

「……」

有一段時間，現場只剩下艾美拉達柔和的聲音、伊洛恩翻書的聲音，以及從樓上的二〇一號室傳來、推測是漆原往返窗邊和廚房的輕微腳步聲。

過了將近五分鐘，諾爾德才總算勉強開口：

「最近萊拉和艾米莉亞，偶爾會一起回來。」

說完後，諾爾德看向一〇一號室薄薄的玄關門。

「我……一定是因為不知道，才什麼都不期望。因為我不知道她們應該有什麼樣的未來，也不知道自己希望她們能有什麼樣的未來。」

加百列在練馬的摩茲漢堡說給艾美拉達和千穗等人聽的事情，諾爾德——深愛萊拉的諾爾德不可能不知道。

正因為知道，他現在才會苦惱。

自己的女兒，或許將獲得她本人並不想要的不老不死。

「說來慚愧，在去妻子公寓的那天，我們真的只有忙著收拾房間。雖然我們晚上有一起在練馬的家庭餐廳吃晚餐，但直到返回這個房間，我才發現那是我們第一次全家人一起用餐。而且因為那天太累，我連自己點了什麼都記不太清楚。」

諾爾德露出同時帶有寂寞與喜悅的奇妙笑容。

「不過，那是段非常幸福的時光。雖然我不知道她們是不是也這麼認為。」

「……」

「我一定是希望她們能過著一成不變的日常生活——那種連前一天吃了什麼都想不太起來的生活。我期許她們也有相同的願望。不過這樣下去，再過不久，這種幸福一定會欠缺一個重要的碎片。」

那是惠美、萊拉，還是諾爾德呢？

「艾米莉亞已經知道萊拉的願望是什麼了。」

「？」

這句出乎意料的話，讓艾美拉達倒抽了一口氣。

雖然她知道艾米莉亞和萊拉的距離有縮短，但沒想到已經進展到這個地步。

「這不等於艾米莉亞已經接受了萊拉。不過就像我剛才說的那樣，艾米莉亞最近在下班後，開始會和萊拉一起回這個房間。她以和真奧先生不同的形式，試著和萊拉站在對等的立場。她們兩人最近經常在這個房間談話。」

儘管諾爾德是說「兩人」，但這應該不表示他本人不在場。

就像真奧指名千穗當見證人一樣，惠美與萊拉也為了公平地對話，各自要求自己的父親與丈夫當見證人。

「或許是打算等聽完之後，再正面加以拒絕也不一定。」

雖然一開始感到驚訝，但艾美拉達覺得最後的確很可能是這樣。

諾爾德簡單說明他在一旁聽見的事情，那些內容和艾美拉達與千穗等人一起在練馬的摩茲漢堡聽見的話大致相同。

「我在知道萊拉是天使的情況下和她結婚，向她求婚的人也是我。」

「喔～」

以為諾爾德又要開始講羅曼史的艾美拉達，瞬間擺出警戒的態度──

「她哭著說自己是不老不死的存在，還說已經不是人類的她，無法期待能夠生小孩，也沒辦法和我一起變老。我不在意這些事，我發自內心愛著萊拉，而她也愛我，所以我覺得再也沒什麼比陪她走過一段人生更幸福的事情，於是就不斷拜託她。」

最後發現果然還是羅曼史，讓她稍微呆了一下。

「不過隨著艾米莉亞出生……萊拉一定是害怕了。雖然她最後順利成為安特・伊蘇拉人，但繼承了她的血統的艾米莉亞，或許和安特・伊蘇拉人不同也不一定。我在聽到這些話時，魔王軍已經來襲，我和艾米莉亞也已經分隔兩地。我之前去調布時也有說過吧？那是我剛來到日本不久前發生的事情。」

這麼說來，諾爾德當時也披露了不少羅曼史，差點直接吐槽的艾美拉達，連忙點頭將這些話吞了回去。

「我不知道不老不死是不是好事。如果女兒和妻子在我死後依然能維持年輕貌美的樣子活下去，那或許是件好事。不過她們一定會和許多喜愛的人分別，並永遠持續經歷相同的事情。然後身為不老不死的存在，若她們哪一天對生存感到厭倦，最後一定會……」

諾爾德刻意不講出那個行為。

「我不知道。身為一個父親，我希望女兒能盡可能幸福地活久一點。這個世界有許多美好的事情，多到不管活多久都無法全部看完。不過活得太長，痛苦和難受的事情也會跟著變多。所以我希望艾米莉亞的人生，能以和普通人一樣的方式落幕。但這麼一來，就必須讓艾米莉亞去參與她不希望的戰鬥。要是讓她參戰，她或許會在戰鬥中被殺掉。要是將如果不投身那種戰鬥，或許就能一直年輕美麗地活著的女兒送往死地，我應該會後悔一輩子吧。到底該怎麼做才好，對艾米莉亞和萊拉來說，到底怎樣才算幸福，這我真的不知道。」

「諾爾德先生……」

「要是我有能力戰鬥，只要能不讓艾米莉亞戰鬥並守護世界的未來，我很樂意親自上戰場。要是能在過程中掌握不老不死的祕密，我應該就能以父親與丈夫的身分，支持女兒和妻子的決定。不過我的力量遠遠不及艾米莉亞，而且也派不上用場，我只能默默地看她們做出選擇，這實在讓我懊悔不已。」

「……我也不曉得到底什麼才是幸福……」

伊洛恩將他嬌小的手，放在諾爾德用力到讓人擔心會不會弄破茶杯的手上。

「我只知道她們兩人都很明白諾爾德有多為她們著想，所以別太責備自己，因為不只是萊拉和艾米莉亞，你也為我和艾契斯帶來了幸福。」

「伊洛恩……」

「我現在每天都吃得飽飽的。」

「啊哈……能夠填飽肚子～的確是非常幸福～」

伊洛恩以嚴肅表情說出的玩笑話，讓艾美拉達也忍不住微笑。

「雖然我無法自己選擇，但我一定一輩子都不會忘記在這座城鎮，和諾爾德你們一起共度的幸福時光。無論最後做出什麼選擇，艾米莉亞和萊拉也一定都這麼想。所以諾爾德，你絕對沒有派不上用場。」

「…………嗯，要是這樣就好了。」

雖然艾美拉達無從得知諾爾德內心是如何看待伊洛恩這席話，但他用手擦了一下眼淚後，再次轉向艾美拉達。

「關於妳的第一個問題，只能旁觀的我……一定只能如此回答。」

從諾爾德那像是自暴自棄，又像是擺脫了什麼的表情，完全感覺不到任何虛偽。

「如果艾米莉亞明年也想在日本過聖誕節，那不管是扮聖誕老人還是什麼，我都願意做。盡可能地在她想走的道路上陪伴她，這就是我的願望。」

「……謝謝你，請原諒我問了這麼失禮的問題。」

所以艾美拉達坦率地為自己這種試探對方真心的行為道歉。

◇

Villa・Rosa笹塚一〇一號室。

雖然這對母女在面對彼此時還有些彆扭，但看在諾爾德的眼裡，自從大掃除的那天以來，兩人的關係已經大幅改善。

萊拉說明伊古諾拉是如何對抗侵襲母星的風土病，以及發現讓人不老不死的技術，惠美裝出一副漫不經心的樣子，默默地聽著。

在這個構圖中，諾爾德本人則是在陪阿拉斯・拉瑪斯玩。

儘管彆扭，但這依然是個幸福的空間。

萊拉的故事和加百列講給千穗等人聽的內容幾乎相同，但這時惠美和諾爾德都還不知道這件事。

「那兩個人一開始，是以追加的研究員的身分來到月球的研究所。在看見他們出入研究所用的通行證上面的照片時，我嚇了一跳。因為他們不管怎麼看都是剛從學校畢業的孩子。實際見過他們後，那樣的印象又更強烈了。帶他們來的人，是當時和研究所的法務部門關係密切的沙利葉。贊助研究所的有力人士，派他來照顧他們。」

「喔……」

在萊拉和加百列等人研究侵蝕母星的風土病將近一年，並遭遇瓶頸的時候，母星派了兩名年輕的研究員過來。

那兩名研究者的名字分別是凱耶爾與舍姬娜。

「少年叫凱耶爾，少女叫舍姬娜。凱耶爾的頭髮整體上是銀色，但前面還另外有一撮紫色的頭髮。」

「銀色和紫色的頭髮？」

「嗯？怎麼了嗎？」

「媽媽，什麼事？」

艾米莉亞驚訝的視線，正對準開心地騎在諾爾德背上的阿拉斯‧拉瑪斯的臉。

跟著看過去的萊拉點頭說道：

「沒錯。凱耶爾是我們星球的『基礎』化身，舍姬娜則是『王國』的化身。但當時的我們還不知道這件事。研究所的人們，都以為是母星的大人物們想要早點分享到研究成果，才會派剛從大學畢業的親戚過來。大家研究了一年卻持續受挫，所以氣氛非常緊繃。」

然而自從那兩人被派去當伊古諾拉的助手後，研究就突然有了進展。

「雖然是老鼠實驗……這裡當然是指相當我們星球老鼠的實驗動物……但我們首次發現

能夠對抗風土病的遺傳基因。在那之後，研究者們看待凱耶爾和舍姬娜的方式就變了。伊古諾拉宣稱這個成果，都是兩人的功勞。雖然一般如果在研究者的世界這麼做，只會招來多餘的嫉妒，但多虧有某個人一直在填補伊古諾拉他們不知世事的部分，最後總算沒有造成爭執。」

「某個人……」

惠美猛然抬頭看向天花板。

有個人只有在萊拉一開始說明時被提到過，從萊拉的說法推測，那個人物應該就是……

「沒錯。那個人就是撒旦葉．諾伊。身為伊古諾拉的夥伴，他既是個優秀的研究者，同時也是法術士……對不起，親愛的，其實他也是我當時憧憬的前輩。」

「嗯，以妳的年齡來說，有這種經驗也很正常。」

萊拉看著諾爾德如此說道，但後者的表情沒什麼變化，繼續專心當阿拉斯．拉瑪斯的馬。

這對夫妻只要一講起戀愛史，就會不知節制，所以惠美原本擔心父親會開始吃醋，但幸好諾爾德沒幼稚到那種程度，這讓惠美鬆了口氣。

「伊古諾拉是典型的天才型研究者。另一方面，撒旦葉則是努力型的研究者。撒旦葉很清楚自己的實力不如伊古諾拉，所以才會愛上伊古諾拉與她的才能。他是那種不會因為嫉妒而敵視對方的類型。也因為這樣的個性，他廣受包含我在內的所有男女的歡迎，當時我還只是醫務室的新人，經常送醫療器具和藥品去伊古諾拉那裡，所以有很多機會和他說話，並對他抱持憧憬。」

「我姑且問一下當作參考，他是個什麼樣的男人？」

「爸爸……」

惠美用眼神牽制難得剛才忍了下來、結果現在又從極偏的角度打斷話題的父親，但萊拉意外地配合。

「其實這部分還滿重要的。他是個公平的人。既是個優秀的法術士，也不像一般的研究者那麼不知世事，經常著眼於現實。但他又不會不懂融通，前一天喝太多酒時，隔天早上他也會若無其事地遲到。而且他還很強，他似乎曾經在研究所內的娛樂室，和當時擔任警備主任的加百列做過格鬥訓練。令人難以置信的是，即使對手是軍人出身的加百列，他依然大獲全勝。在加百列因為連輸十場而感到懊悔時，撒旦葉對他說『雖然我只能保護自己，但你能保護其他人，光是有你在，就能讓大家感到安心。即使我展現出比你強悍的實力，也無法讓任何人安心』。他就是能帥氣地說出那種話的男人。」

居然能讓平常毫不隱藏對諾爾德愛意的萊拉說到這個地步，看來撒旦葉真的是個非常了不起、又充滿個人魅力的男性。

即使如此，諾爾德看起來依然有些不滿，但最後還是理解似的停止追問。

「不過正因如此，我當初才會覺得奇怪。在伊古諾拉得到凱耶爾和舍姬娜的協助並做出

成果後不久，撒旦葉和伊古諾拉吵架的機會就莫名增加了。而且吵的大多都是和凱耶爾與舍姬娜有關的事情。感覺撒旦葉似乎想讓那兩人遠離伊古諾拉。明明他一開始還那麼袒護他們。我之後有問他理由，原來凱耶爾和舍姬娜的發現，是至今任何研究者都沒研究過、連相關文獻都不存在的基因研究。當時的所有國家，都還不具備這方面的觀察技術。能夠發現這些成果的他們，似乎有點奇怪。」

當時的萊拉在聽了這些話後，推測伊古諾拉或許是在得到那兩人的力量後，才用她的才能解明了這一切。

撒旦葉向一部分的人表明了自己的疑問，但所有人的回答都一樣。

「雖然這件事到這裡就暫時結束，但之後伊古諾拉的研究明顯大有進展。就連撒旦葉都跟不上那個研究。然而凱耶爾和舍姬娜還是一樣待在伊古諾拉身邊。所有人都很驚訝。雖說有伊古諾拉的指導，但為何那麼年輕的孩子，能夠跟得上連撒旦葉都無法理解的研究呢？因為當時的最優先事項，就是讓研究有所進展，所以撒旦葉即使覺得可疑，還是姑且停止追究，但在他心裡的某處，還是漠然地對兩人的出身、存在和頭腦感到懷疑。然後就在某個時候，撒旦葉拉攏了沙利葉，開始調查兩人的身世。」

撒旦葉假裝休假，回到母星調查凱耶爾和舍姬娜的背景，然後發現他們的出生記錄有被竄改的痕跡。

兩人沒有正確的出生地記錄。

不只如此，就連其他關於出身的詳細情報與家屬的記錄，也全都是偽造的。

根據沙利葉追蹤調查的結果，只能認為凱耶爾和舍姬娜是在某天突然出現在推薦兩人的有力議員的身邊。

「沙利葉的調查能信嗎？」

「別看他那個樣子，在工作方面他可是很認真的。那個壞習慣真的是害他不淺。」

既然萊拉都說「別看他那個樣子」了，表示沙利葉應該從當時開始就到處花心。

總而言之，等撒旦葉確定凱耶爾和舍姬娜真的很可疑，並返回位於月球的研究所時，等待他的卻是完全出乎意料的狀況。

「伊古諾拉似乎也對過於優秀的凱耶爾和舍姬娜起了疑心。伊古諾拉假借健康檢查的名義，對兩人進行全身掃描，同時還追蹤了兩人在戶籍上登錄的ＤＮＡ記錄。不過伊古諾拉透過那個ＤＮＡ樣本，發現兩人的基因，和普通人有決定性的不同。那似乎正是在之前進行老鼠實驗時獲得關注，推測人類應該也有的不老不死的基因。當時我雖然是醫生，但並不熟悉基因工學，所以也不曉得正確的狀況。但據說在凱耶爾和舍姬娜的體細胞中，用來決定代謝極限的基因完全沒有發揮效果。」

儘管多少有個體差異，但所有生物基於其性質，一生能代謝的細胞數量早就都被決定好

了，當達到極限時，就會因為壽命結束而死亡。

雖然生命的壽命並非只由代謝決定，但在現代的地球，依然認為代謝是與生命的壽命有關的重要要素，也有學說認為只要能解除代謝的限制，或許就能延緩衰老與死亡。

「此外那兩人的基因對所有已知的疾病，都具備很強的抵抗力。最讓伊古諾拉驚訝的是，兩人的身體連一點癌化的細胞都沒有。」

「沒有癌化的細胞，是表示沒有癌症嗎？以年輕人來說，這應該沒那麼稀奇吧？」

「雖然這是我們星球的醫療知識……也就是將近一萬年前的知識，但人體經常因為各種原因導致身體某處的細胞發生癌化。即使如此，只要抑癌基因正常運作，就能迅速排除或修復即將產生的癌細胞。我們將抑癌基因失去功能，或是細胞因為各種原因發生異常導致癌細胞擴散的狀況，稱做發生惡性腫瘤，也就是所謂的罹患癌症。」

惠美是在來日本後才知道癌症的存在，對癌症這種疾病的了解非常模糊。

「人體會因為紫外線與活性氧等各種原因產生損傷，並經常在進行修復。這個過程中偶爾會摻雜極為初期的癌化，這本身絕對不是什麼奇特的事情。不過按照常理，不可能有身體完全不會發生這種現象。因為那樣就等於細胞完全不會受損。」

說到這裡，萊拉又再次提醒般的說道：

「這終究只是我們母星的人類的狀況，所以我不曉得是否能適用在安特．伊蘇拉或地球人的癌症上。不過就我所知，應該沒有太大的差異。在得知凱耶爾和舍姬娜身體的祕密後，伊古諾拉仔細地觀察了兩人與自己基因的差異，而令人難以置信的是，她只花了短短一個月，就找出或許能讓人類的基因變得和那兩人類似的方法。等撒旦葉放完假回來時，已經是那樣的狀態。」

在那之後，伊古諾拉的研究不知為何再次陷入停滯。

理由是凱耶爾和舍姬娜突然失蹤了。

雖然所有人都感到很疑惑，但伊古諾拉和撒旦葉已經不在乎那兩人在不在了。

伊古諾拉以撒旦葉為助手，再次開始從基因工學的角度研究風土病，最後做出某個結論。

「凱耶爾和舍姬娜，是和我們似是而非的人類。換句話說，就是類似外星人的存在。他們擁有不符合所有原生人類人種的ＤＮＡ。不過他們又確實以人類的身分存在。伊古諾拉相信只要找出兩人的出身，就能獲得足以進一步研究兩人基因的線索，知道他們偽造出身的撒旦葉，也協助伊古諾拉追查凱耶爾和舍姬娜的出身。然後……撒旦葉和伊古諾拉，終於在月球找到了堪稱他們母體的存在。」

那個東西猛一看像是枯萎的巨樹。

不過詭異的是，那個像是枯樹的存在，是位於沒有足夠大氣的月球表面上。

為什麼有辦法探查星系中的其他行星的人類，會漏掉那種東西呢？

不過根據月面的地圖，那棵樹正好位於研究所所在基地的另一側，而且當初從宇宙掃描時，並未在那裡發現有用的地下資源，所以才沒有開發到那裡——這是後續的調查做出的結論。

「伊古諾拉之所以能發現那棵樹，都是多虧聖法氣掃描。她在空無一物的土地中，發現有幾個地方的聖法氣濃度特別高。在月球另一側，堪稱聖法氣之泉的其中一個地點，就是那棵樹的所在地。妳應該已經猜到了吧，那就是我們星球的生命之樹，誕生出凱耶爾和舍姬娜的質點母體。」

伊古諾拉採取樹的樣本，並發現樹的ＤＮＡ與凱耶爾和舍姬娜的ＤＮＡ一致。

雖然凱耶爾和舍姬娜已經不在，但還是能從巨樹上採集用之不盡的研究樣本。

伊古諾拉和撒旦葉的研究每天都有大幅進展。

「講到這裡，我要稍微換個話題……撒旦葉原本就對伊古諾拉有好感。除了她的才能以外，他也深愛她的為人。我之所以只有憧憬撒旦葉而沒對他抱持戀愛的感情，就是因為他表現得實在太明顯了，總之在凱耶爾與舍姬娜失蹤後，伊古諾拉和撒旦葉只花了五年的時間就實現了不老不死。這段期間，兩人之間的距離不只是在研究者方面，就連在男女方面也大幅縮短。在兩人終於確立不老不死基因的改造方法、讓人類不必再害怕風土病的那天……他們結婚了。」

「咦？」

這下就連惠美都忍不住發出少根筋的聲音。

「咦，那、那表示，那個，伊、伊古諾拉是路西菲爾的母親……難不成撒旦葉……不對，古代大魔王撒旦是，咦咦咦？」

「沒錯，就是這樣。」

看見女兒表現出至今最誇張的反應，萊拉用力點頭說道：

「撒旦葉·諾伊，是路西菲爾的父親。」

魔王，暫時缺席。3

確認完諾爾德的心情後，艾美拉達離開一〇一號室，按照預定前往麥丹勞幡之谷站前店觀察惠美和千穗工作的樣子。

雖然上次去那間店已經是聯合生日派對時的事情，但幸好她沒有迷路便直接抵達。

在天空早早就開始染上紅色的傍晚，艾美拉達在店前面遇見正在掃地的千穗。

「咦？艾美拉達小姐？妳是來用餐的嗎？」

從一發現艾美拉達就笑著跑過來的千穗的臉上，完全看不見任何類似嫉妒的負面感情。

然後艾美拉達發現千穗頭上戴的並非平常的員工帽，而是之前提到的聖誕帽。

「遊佐小姐知道妳今天要來嗎？」

「不～～我並沒有告訴她～～」

「這樣啊！那要是她知道艾美拉達小姐來了，一定會嚇一跳。外面很冷，先進來吧。」

「那麼～～我就恭敬不如從命了～～」

在千穗的催促下進入店內後，艾美拉達發現所有員工都和惠美昨晚說的一樣，換上了聖誕帽。

雖然不曉得這樣能改變什麼，但至少有營造出氣氛。

「妳知道怎麼點餐嗎？」

千穗體貼地向應該還不習慣日本餐廳的艾美拉達問道。

「我想應該沒問題～要是不知道～我會裝成外國人問櫃檯的人～不過話說回來～感覺店內變得好熱鬧啊～」

「是啊！從今天開始，店裡要換成聖誕節樣式。我是第一次在這種時期工作，所以有點期待呢。啊，我接下來必須回去打掃，妳慢慢坐喔！」

「好的～加油喔～」

艾美拉達目送拿著掃帚和畚箕的千穗離開後，便走到櫃檯前排隊。

她好奇地環視周圍，然後在櫃檯深處發現頭上戴著某種機器、正在和別人通話的惠美的側臉。

待在二樓的那位身材修長的女性，是擔任店長的木崎。

櫃檯前的隊伍前進得很慢，千穗再次出現並打開另一臺收銀機，在隊伍逐漸消化的同時，朝艾美拉達眨了一下眼。

「……咦？」

艾美拉達在排隊的時候，發現一件奇妙的事情。

人數和她之前看的排班表不合。

就連不認識這間店所有員工的艾美拉達，也能馬上發現有人不在。

「魔王怎麼了～～？」

被千穗負責的櫃檯招呼過去的艾美拉達，小聲地向千穗問道。

因為旁邊還有其他客人在，所以千穗也小聲地回答：

「真奧哥今天外出研修了，晚點才會再回來。」

這麼說來，惠美昨天晚上好像也說過真奧最近在忙研修的事情。

多虧了千穗，艾美拉達順利完成點餐，因為薯條還沒炸好，所以她收下號碼牌，端著只有漢堡和飲料的托盤找了個空位坐下。

接著她遠遠看見千穗向櫃檯深處的惠美搭話。

艾美拉達從兩人對話的樣子看不出任何異常，也感覺不到惠美擔心的負面氣氛。

惠美在千穗指示的地方發現艾美拉達後，露出有些慌張的表情。

結果是由惠美把剛炸好的薯條，送到艾美拉達的座位。

「妳怎麼突然跑來啊。」

惠美邊在意周圍客人的狀況邊問道。

「哎呀～～因為艾米莉亞昨天的樣子怪怪的～～讓我有點擔心～～」

「……騙人，妳只是來看熱鬧的吧。」

「這我也不能否定～～」

艾美拉達毫不愧疚地點頭。

「不過既然魔王不在～～那就算我想看熱鬧也沒辦法～～雖然我有聽說他去研修～～但到底是什麼研修啊～～？魔王應該是這間店的主力吧～～？」

「……啊，我沒跟妳說過嗎？是正式職員的錄用研修喔，這陣子他每天都要去，他好像要正式成為麥丹勞的正式職員了。」

「正式職員……咦咦？」

聽見這個消息，就連艾美拉達也忍不住驚訝地從椅子上起身。

「魔、魔王真的打算成為這個國家的勞工嗎～～？」

「他好像一直都以此為目標，所以除了我們以外，大家都不怎麼驚訝。他昨天似乎還穿著不搭調的西裝，和木崎小姐去了許多地方，今天則是自己去其他營業型態不同的分店出差。」

雖然麥丹勞的特殊業態看起來好像只有外送和MdCafe，但其實意外地還能細分成很多種類。

例如設置在超市等大型商業設施內，座位必須在美食區和其他企業的店舖共用的迷你麥。

開設在國道旁邊，不必下車就能直接點餐的「得來速」。

開在遊樂園內，無論規模或營業時間都受到限制，並被要求設置觀光地特有的特殊設施的

園內型麥丹勞。

「因為不曉得成為正式職員後，要負責經營哪種店鋪，所以會先被派到各種店鋪和營業處累積實務經驗。」

「喔，那該不會～～魔王再過不久就會變成這間店的店長吧～～？」

「雖然不曉得是不是這間店，但好像沒那麼容易。」

既然是正式職員錄用研修，那當然只有實力符合資格的員工能夠參加。

此外就算參加研修，也不代表一定能成為正式職員。

因為和一般的錄取途徑不同，所以就連擔任店長的木崎都不清楚研修的全貌，總之也有人以打工員工的身分接受了將近一年的研修，最後還是沒成為正式職員。

「那原本就對萊拉沒什麼好感的魔王～～一定不會答應她的要求吧～～畢竟難得他一直努力的目標終於有機會實現了～～」

「…………或許吧。」

惠美含糊其辭地回答。

「對不起，我得回去工作了。」

「啊，好的～～不好意思打擾妳了～～」

「沒關係啦，妳慢慢坐吧……讓您久等了，這裡是麥丹勞幡之谷站前店，敝姓遊佐……」

惠美快步離開艾美拉達的座位，按著耳朵上的機械開始與某人通話。

艾美拉達觀察了一下惠美工作的狀況後，這次換千穗走過來向她搭話。

「味道怎麼樣？這是之前舉辦慶生會時還沒上市的冬季限定套餐。」

「嗯～～非常美味～～不過如果每天吃感覺會變胖～～」

「啊哈哈，這倒是沒錯。」

「艾米莉亞有稍微跟我提到～～魔王現在似乎非常努力～～」

「啊，是正式職員錄用研修的事情吧。真奧哥一直以那個為目標，在這間店工作。他最近來店裡露面時，也都是一副幹勁十足的樣子。」

「這樣啊～～」

「雖然每次太有精神的真奧哥都會差點和遊佐小姐吵起來，但不管嘴巴上怎麼說，遊佐小姐似乎還是很支持真奧哥。」

「喔～～這倒是讓人有點意外～～」

「最近倒沒那麼令人意外喔？從安特·伊蘇拉回來以後，真奧哥和遊佐小姐就不像以前那麼常起爭執了。」

艾美拉達瞬間想起惠美之前擔心的事情並抬頭看向千穗，但果然還是無法從她身上察覺任何和嫉妒有關的感情。

「然而因為身為一家之主的真奧哥開始變忙，所以大家最近都沒什麼機會在二〇一號室一起吃飯，這點倒是讓人覺得有點可惜。難得有這個機會，我本來希望大家的感情能再變得更好一點，但事情果然無法盡如人意。」

艾美拉達聽見後，故意問了個壞心眼的問題。

「不過～～要是艾米莉亞和魔王的感情變得太好～～或許他們會因為阿拉斯．拉瑪斯變成真正的夫婦喔～～？」

艾美拉達原本以為千穗應該會慌張、生氣或是開口否定。

但千穗的反應不符合上述任何一種。

「當然我也不會眼睜睜地看事情變成那樣！到了關鍵時刻，無論對方是聖劍勇者或惡魔大元帥，我都會全力以赴！」

「喔…………嗯嗯？」

在艾美拉達思考這裡的惡魔大元帥是指誰之前——

「而且因為我最喜歡真奧哥和遊佐小姐了，無論發生什麼事，我都有信心能一直和他們維持良好的關係！」

她發現千穗響亮的宣言中，果然也不帶有任何陰霾，這明顯是千穗的真心話。

簡單來講，就是惠美根本沒必要擔憂。

「真是輸給妳了～～」

艾美拉達覺得莫名打探別人的自己非常卑微。

決定放棄的艾美拉達對千穗耳語，跟她商量一件本來不打算在這裡談的事情。

「雖然我本來打算之後再跟妳商量……」

艾美拉達一說出想替阿拉斯・拉瑪斯舉辦聖誕派對，千穗的眼神就亮了起來，並和艾美拉達約好等下班後，要一起去魔王城說服蘆屋他們。

等千穗下班，和艾美拉達一起造訪二〇一號室時，已經是傍晚六點了。

「聖誕派對？你們怎麼又想到這麼麻煩的事情？」

二〇一號室內的所有人，都一起忽視漆原討人厭的聲音。

「阿拉斯・拉瑪斯也和遊佐小姐一起努力過了！艾美拉達小姐這個主意真是不錯！」

「裝飾部分只要在千穗小姐的指導下製作就行了吧？我有得是時間，所以買東西的事情就交給我吧。」

「既然是為了阿拉斯・拉瑪斯舉辦的派對，那就沒辦法了。」

「謝謝大家～～能得到各位的贊成讓我更有自信了～～」

「我可沒贊成喔……喂！」

因為連蘆屋都贊成艾美拉達的提議，所以漆原姑且說出該說的話，但知道自己的意見一定不會被通過的他，早已露出放棄的表情。

「不過無論規模如何，最大的問題還是地點。」

蘆屋粗略環視室內。

「如果是為了阿拉斯·拉瑪斯，參加人數應該會更多吧。再怎麼說都無法在這個房間舉辦。」

平常二〇一號室光是要擠進真奧、蘆屋、漆原、惠美、千穗、鈴乃和阿拉斯·拉瑪斯七個人就夠勉強了。

要是再加上提議舉辦派對的艾美拉達、阿拉斯·拉瑪斯的妹妹艾契斯、最近被艾契斯當成小弟帶著到處跑的伊洛恩、在艾契斯與伊洛恩一起行動時一定會隨行監視他們的諾爾德與天禰等最低限度的人員，二〇一號室應該會被擠得水泄不通。

而且不是只要找人來就好，既然是聖誕派對，那提供的餐點種類當然也會增加，另外就像鈴乃說得那樣，還必須準備裝飾。

「這次也不能像佐佐木小姐與艾米莉亞的聯合生日派對那樣在麥丹勞舉辦。你們有考慮過這點嗎？」

「是的～關於這部分～」

艾美拉達像是在顧慮蘆屋和漆原般說道：

「我想在艾米莉亞的房間舉辦～」

「……什麼？」

「啊，我已經可以不用去了吧？」

「漆原先生！」

艾美拉達的提議，果然讓蘆屋皺起眉頭，漆原更是直接露骨地表現在態度上，然後被千穗斥責。

「貝爾小姐和佐佐木小姐～都知道艾米莉亞的房間吧～？」

「嗯。如果是那裡，的確有辦法容納這麼多人。艾米莉亞對這件事……」

「我還沒告訴她～畢竟原本就不是所有人二十四日或二十五日都有空～而且既然主角是阿拉斯・拉瑪斯妹妹～那當然少不了魔王～」

「嗯……只要是阿拉斯・拉瑪斯的事情，魔王大人應該都不會拒絕，但如果是辦在艾米莉亞家……」

蘆屋像是突然想起某件事般，猛然抬頭說道：

「仔細想想，別說是我和漆原了，恐怕連魔王大人都不知道艾米莉亞住在哪裡。」

「咦？」
對這句話感到驚訝的是千穗，而曾經從惠美本人那裡得知這件事的鈴乃，則是選擇靜觀其變。
「蘆屋先生、真奧哥和漆原先生，都不知道遊佐小姐的家嗎？」
「我當然知道她住在永福町的公寓，但我剛剛才發現，別說是正確的地址了，我甚至連自己有沒有看過她住的公寓都不曉得。」
「你們以前一次都沒去過嗎？」
「因為真奧根本沒必要主動過去吧？畢竟每次都是對方自己過來大吵大鬧，然後再自己回去。」
「啊，這、這麼說也對。」
漆原直截了當地說道，而千穗也不得不同意他的說詞。
「艾米莉亞應該也不想招待我們過去吧，而且我們以前無法自由使用魔力，就算勉強找出艾米莉亞的住處發動襲擊，也只會反過來被她打倒。」
雖然因為大家最近關係良好，所以經常忘記，但真要說起來，真奧和惠美曾經是彼此的宿敵。
蘆屋無視驚訝的千穗，拉回原本的話題。

「就算想辦在艾米莉亞的房間，她應該也不歡迎我們過去吧。不過阿拉斯・拉瑪斯應該無法接受魔王大人缺席，還是找其他地點比較好吧？」

「你的擔心是正確的～～其實我之所以選擇艾米莉亞的房間～～除了寬敞以外還有其他理由～～我認為就是要辦在艾米莉亞的房間～～某人才會願意過來～～」

「因為是遊佐小姐的房間？難不成是萊拉小姐？」

「沒錯～～就是這樣～～」

艾美拉達用力點頭肯定千穗的推測。

「我想艾米莉亞和萊拉之間的距離～～應該有因為前陣子的事情稍微縮短～～不過正因如此～～才有必要藉此讓萊拉知道她的計畫不會那麼容易得逞～～」

「換句話說，就是藉由教阿拉斯・拉瑪斯什麼是聖誕節，讓萊拉看見艾米莉亞想在日本扎根的決心嗎？」

艾美拉達在見到梨香和真季的那天，開始強烈懷疑是否還會有明年。

與此同時，艾美拉達也意識到自己不希望惠美答應萊拉的委託。

「我想聽聽各位率直的意見～～無論是艾謝爾和路西菲爾～～還是佐佐木小姐與貝爾小姐～～你們認為艾米莉亞和魔王應該答應萊拉的請求嗎～～？」

四人各自短暫地互望彼此一眼。

「艾謝爾和路西菲爾都曾在這個房間聽過萊拉的說明～～所以關於加百列告訴我們的事情～～你們應該也有一定程度的了解吧～～坦白講我愈聽～～愈不覺得艾米莉亞他們有必要協助他們～～」

「唉，說得也是？畢竟就連身為當時的相關人士之一的我，都覺得不想理會了。不過如果真奧本人有那個意願，那就另當別論了。」

「即使魔王大人選擇答應，我也會表示反對。尤其是魔王大人的工作正面臨關鍵時期，要是因為增加多餘的負擔，影響到魔王大人的未來，那就本末倒置了。」

「我也有同感。雖然我想尊重兩人的選擇，但提出要求的那方實在太缺乏誠意了。」

「我之前也有跟漆原先生提過，雖然天界那些人的過去令人同情，但加百列先生他們現在說的話，實在是太自私了。」

「說得也是～～」

聽完四人的意見後，艾美拉達露出滿意的笑容點頭說道：

「我認為艾米莉亞和萊拉的關係變好～～和艾米莉亞要不要答應萊拉的要求是兩回事～～艾米莉亞有很多珍惜的人～～不管是在日本還是安特．伊蘇拉～～都有很多艾米莉亞珍惜的東西～～所以我覺得有必要讓萊拉他們知道～～想說服艾米莉亞沒那麼容易～～」

「可是，這只是艾米莉亞的狀況，和真奧無關吧？」

「畢竟魔王將成為正式職員～～這表示他和日本的連結將變得更強烈吧～～？所以事到如今就算不特別做什麼～～現在的他應該也不會答應萊拉的要求吧～～？」

「說得也是。」

「的確是這樣。」

千穗和蘆屋各自點頭。

「而且～～雖然就結果而言這樣等於是在利用我們邀請的客人～～但正因為是辦在艾米莉亞的房間～～我們才能找其他能成為夥伴的人過來～～」

「該不會……」

鈴乃一探出身子，艾美拉達便點頭回答：

「不曉得詳細狀況的真季小姐或許有點困難～～但梨香小姐應該會來吧～～？」

「「……」」

這個瞬間，千穗和蘆屋的表情不約而同地變得僵硬，漆原和鈴乃則是確實地用眼角捕捉到了這個景象。

「我覺得應該好好讓萊拉知道艾米莉亞在日本除了佐佐木小姐以外～～還有其他重要的朋友～～」

不曉得艾美拉達如何解讀兩人僵硬的表情，她繼續興奮地說明：

「雖然各位惡魔應該會覺得很麻煩～～但若各位贊成舉辦派對～～希望能將會場設在艾米莉亞的房間～～當然除了給阿拉斯・拉瑪斯妹妹的禮物以外～～其他費用都將由我來負擔～～我也會負責說服艾米莉亞～～」

「既然費用都由她來負擔，那剩下就是看真奧有沒有意見了吧？」

漆原抱著靜觀其變的態度向蘆屋搭話，但蘆屋依然維持僵硬的表情。

「魔王大人現在已經夠忙了。既然我已經表示贊成，那我就會負責轉達，但即使之後真的有舉辦派對，我也無法保證魔王大人能不能參加。」

「好的～～這是當然～～因為這種事本來就必須徵詢『爸爸』的意見～～所以之後就看各位的方便～～」

想法極為接近日本人的艾美拉達向蘆屋行了一禮後，便立刻離開二〇一號室。

由於蘆屋和漆原看起來都對這件事興趣缺缺，因此之後千穗和鈴乃半是試圖說服他們，半是和他們閒聊真奧工作的事情，直到發現時間不早後才起身。

「那麼我差不多該回去了。」

「要回去了嗎？怎麼不吃完晚餐再走？」

「謝謝你們的邀請。不過我今天沒跟媽媽說要在這裡吃晚餐，所以必須回去才行……漆原先生，如果真奧先生說要辦聖誕派對，你也要一起過來喔！」

面對千穗的提醒，漆原以不帶感情的表情——

「唉，我盡量啦？」

簡短地回答。

「佐佐木小姐。」

「是的？」

蘆屋在千穗於玄關穿鞋子時向她搭話。

「我送妳回去吧，反正我也要順便出門買東西。」

「咦？啊，好的。」

因為最近沒有什麼特別的危險，所以千穗經常獨自回家，但即使不考慮這點，蘆屋的提議也讓人感到有點唐突。

蘆屋在聽見千穗的回答前，就抓起掛在壁櫥前的超輕羽絨外套，跟在千穗後面走出公寓。

「……不好意思，其實我只是有話想跟妳說，不管是送妳回家還是買東西，都只是順便而已。」

「我也覺得是這樣。」

一走出公寓，蘆屋就如此招認。

蘆屋平常不會像這樣性急地做出強硬的舉動，所以認為他應該是有什麼理由的千穗，並不感到意外。

「啊，我當然還是會好好送妳回家，說要買東西也不是騙人的。不過，那個……」

「是關於鈴木小姐的事情嗎？」

「……是的。」

蘆屋以間隔一步的距離，走在千穗後面。

「她之後應該有和佐佐木小姐見面吧？」

「是的，就在當天。」

千穗坦白回答蘆屋的問題。

「這樣啊，那就說得通了。」

蘆屋以千穗從來沒見過的困擾表情點頭。

「因為艾米莉亞好像什麼都不知道。」

這句話，包含了如果惠美知道蘆屋對梨香做了什麼事情，應該會採取某種攻擊性行動的意思。

「我想鈴木小姐應該什麼都沒說，因為她有提過無法找遊佐小姐傾訴。」

「這樣啊。」

蘆屋用力吸了口氣，從口袋裡拿出全新的薄型手機。

「對不起，結果還是讓佐佐木小姐……那個……替我們魔王軍的疏忽費心。」

蘆屋謹慎地挑選詞彙。

他原本到底想怎麼說，又為什麼覺得有必要慎選言詞呢？

「呵呵呵，話雖如此，我們就是被你們粗心大意的地方吸引呢。雖然要是你們一直那麼天真也很令人困擾。不過就我聽到的來說，蘆屋先生在這方面還比真奧哥要誠實呢。」

千穗刻意以開朗的聲音，講真奧的壞話。

蘆屋驚訝地低頭看向千穗，然後立刻露出苦笑。

「我實在沒資格責備魔王大人，真是的……」

在不知不覺間，無論是地藏大道商店街還是笹塚站，都已經染上濃厚的聖誕節色彩。

兩人像是在觀看遙遠世界的風景般，仰望這些華麗的裝飾。

「我明明覺得人類是不需要在意的存在。」

千穗有點不敢相信自己的耳朵，因為這是她第一次聽見蘆屋發出這麼像人類的嘆息。

這道嘆息，是蘆屋第一次對自己的過去吐出的嘆息。

「我不後悔，不過我還是會想，在那之後她怎麼了。」

「鈴木小姐可不是那種只因為被甩，就會哭著入眠的軟弱女子喔。」

「所以我才擔心。」

蘆屋說的話，實在是正確到不能再正確。

「不管是在哪方面。」

蘆屋看向千穗。

千穗痛切地了解蘆屋想說什麼。

不過那是無論兩人再怎麼思考，都無法立即找到答案的事情。

「關於聖誕派對要在遊佐小姐家舉辦的事情，要由我來告訴真奧哥嗎？」

所以千穗試著將話題拉到比較切身的問題，而蘆屋也配合地回答：

「不，既然艾美拉達·愛德華都那麼說了，為了讓魔王軍能迅速做出統一的結論，還是應該由我來轉達。」

「原來如此，這樣或許比較好。真奧哥最近回店裡的時間好像都和我在的時間錯開，仔細想想，我們已經有好長一段時間沒見面了。」

「這樣啊。果然如果想成為正式職員，在各方面都會很複雜。」

在那之後，兩人主要都是在聊真奧和店裡的事情等日常話題，沒過多久就抵達千穗的家。

道別時，千穗在家門前對蘆屋說道：

「謝謝你。之後要是決定舉辦派對，希望蘆屋先生也能來參加。」

「我……」

「蘆屋先生，雖然我這麼說或許有點太過傲慢。」

「是的？」

「但我覺得蘆屋先生和梨香小姐都誤會了一件事。雖然我當時並不在場，但從蘆屋先生的樣子來看，我覺得應該是這樣沒錯。」

「呃……」

千穗滿臉笑容地說道：

「現在的蘆屋先生，真的沒辦法責備真奧哥呢。因為雖然你覺得自己已經給了答案，但其實並沒有。」

「咦？」

「事情就是這樣。謝謝你送我回家。再見！」

留了一個大大的謎團給蘆屋後，千穗丟下表情呆愣的蘆屋走進家門。

「以為已經給了答案……但其實並沒有？」

個性認真的蘆屋想不透這句話的意思，在連東西都沒買就直接回到公寓後，又被迫重新出門一次。

※

「嗯……好像沒辦法自己做，而且還必須考慮結束後的事情。」

隔天也有排打工的千穗，在觀察裝在店內各處的聖誕裝飾後露出困擾的表情。

「怎麼啦，小千，這些裝飾怎麼了嗎？」

「啊，木崎小姐。」

對千穗的行動感到納悶的店長木崎真弓一邊詢問，一邊用手指向正好位於千穗上方的金色金蔥彩帶。

「有哪裡壞掉嗎？」

「啊，沒有。我只是在想聖誕節的裝飾究竟長什麼樣子，並趁有空的時間觀察一下……」

「有空的時間，可是用看看還有沒有工作要做的時間喔。」

木崎刻意扠腰，瞪向千穗。

「對、對不起。」

「然後呢？妳到處看過後，有發現破損或奇怪的裝飾嗎？」

「呃……沒有。」

「很好，那就快回去工作吧。今天阿真也不在，所以會少一個人，晚餐時段應該會很混亂，拜託妳囉。」

「是的！」

千穗一面感謝放過自己摸魚的木崎，一面跟在她的後面走進櫃檯。

「真奧哥今天要去哪裡啊？」

「去一間店長和我同期，但營業型態不同的店。不過阿真早就去過那間店很多次，所以今天的研修對他來說應該是駕輕就熟吧。」

「該不會是富島園吧？」

說到由木崎的同期擔任店長，且真奧又去過很多次的店，最有可能的就是開在遊樂園富島園內的麥丹勞。

「妳知道啊。因為園內型分店的運作步調，在活動期間會變得極為特殊。所以在進行錄用研修時，好像一定都會指定那裡。」

「這表示研修的行程，是事先決定好的嗎？」

「……」

面對千穗的問題，木崎先以視線稍微確認周圍的狀況後才慎重開口：

「這件事我也是在送阿真去研修後才知道的，據說參加錄用研修的人能成為正式職員的機率，其實還滿低的。」

「咦！」

「研修內容只有人事部門和總務部門知道，在一開始的陪同期間過後，就只有負責管理研修生的上司……也就是像我這樣的店長……會事先收到研修生何時會前往那裡的通知。雖然平常跟我同期的店長，也就是富島園的水島都會告訴我一些內幕，但這次牽涉的層級實在太高，所以應該沒辦法吧。」

木崎稍微低頭思考。

「我覺得阿真是個優秀的員工。不過根據從幹部職員那裡聽來的消息，錄用研修的合格者並非一定是在現場表現優秀的人。坦白講，我也不清楚標準是什麼。當然我相信阿真，也希望他能加油。」

木崎脫掉帽子和耳機，然後再重新戴上。

「不過我也想讓阿真見識更加廣大的世界……」

「木崎小姐？」

「……啊，沒事，沒什麼，這才是和工作無關的事情。」

木崎含糊地回答完後，就直接回去工作了。

「木崎小姐……感覺也不像是不希望真奧哥成為正式職員。這到底是怎麼回事？」

木崎應該也很清楚真奧想成為正式職員。

不過剛才那些話，聽起來也像是對真奧繼續累積資歷的事情感到不安。

在那之後，晚餐時段真的如木崎所言變得非常熱鬧，直到十點離開店裡為止，千穗都沒有時間休息。

「哎呀，千穗今天也是這時間下班嗎？」

「啊，遊佐小姐，辛苦了。」

明明惠美今天也有上班，但千穗完全沒印象跟她說過話。

下班時間一到，千穗就累垮在員工間的椅子上，直到惠美過來，她才總算放鬆下來。

「今天人很多呢。」

「是啊。外送也不曉得為什麼，一直收到地址很遠的訂單，明明天氣這麼冷，川田先生今天卻一直都在外面跑。」

「雖然他說外送反而比較輕鬆，但天氣這麼冷應該很辛苦吧。」

「是啊。而且硬要在安全帽上貼聖誕樹的貼紙，感覺也沒什麼道理。」

雖然營業所發了附麥丹勞商標的貼紙，但必須用手貼，木崎也感嘆那怎麼看都不自然。

「話說你們剛才是不是在討論聖誕節的裝飾？」

「被妳看見啦？」

千穗起身，指向畫在員工間月曆上的聖誕樹。

「我在觀察聖誕節的裝飾長什麼樣子。仔細想想，長大以後好像就很少認真看過。」

「啊，原來如此。該不會是因為艾美說的那個吧？」
「就是這樣沒錯。」
惠美苦笑地合掌對千穗說道：
「對不起，艾美好像太有幹勁了。」
「怎麼會，我也非常期待。最近大家一起吃飯的機會也變少了，而且雖然不曉得艾美拉達小姐有沒有和妳說過，但只要一想到是誓師大會，就特別有幹勁。」
「誓師大會？」
雖然覺得「誓師」這個詞有點太血氣方剛，但惠美馬上就聽懂千穗的話。
「啊，難怪艾美說要邀請萊拉和梨香，原來是這麼回事。」
「是的！我才不會這麼輕易就把重要的朋友交出去！」
千穗幹勁十足的樣子，讓惠美覺得非常耀眼。
「所以我要鼓起幹勁自己做裝飾！我原本是這麼想的，但作法似乎和七夕那時差很多。」
「說得也是，畢竟總不可能真的去山裡砍樹帶回來。」
「就是啊，不管是金銀的金蔥彩帶，還是樹的掛飾，看起來都不像能自己做，這樣就必須花錢買。」
「應該不用弄得那麼正式吧……」

「不行啦！如果想讓阿拉斯・拉瑪斯妹妹享受聖誕節，就不能偷工減料！」

「說、說得也是……」

感覺千穗的耀眼程度又更加提升了。

「話雖如此，要是太有幹勁，變得像七夕時的真奧哥那樣也不行，結果在我心想如果需要花錢就得好好和大家商量時，就被木崎小姐發現了。」

千穗露出有些尷尬的微笑。

「七夕啊，那的確是很麻煩。」

惠美也跟著露出微笑，回想起七夕時發生的事情。

鈴乃剛來日本時，真奧去附近的常客家帶了一根七夕的笹竹回來裝飾在店內。

雖然存在感強烈的笹竹和員工們親手做的裝飾品大獲好評，但在七夕結束後可就辛苦了。

畢竟是活的笹竹，只要放著不管就會枯萎。

雖然直到七夕結束前，他們都會切下部分笹竹做成迷你七夕樹送給想要的客人，但最後還是剩下不少笹竹，而且真奧居然還將那些笹竹帶回公寓。

儘管他表示這是因為不能把笹竹的垃圾，丟在常客可能看見的地方，但那些占據公寓走廊的笹竹不僅給人添了好幾天的麻煩，最後真奧還得難過地將枯萎的笹竹當成可燃垃圾，分好幾天丟棄。

「真不曉得魔王的那種個性，到底是好是壞。」

「咦？」

「對公司來說，那樣的臨機應變到底算不算好事。」

「這是什麼意思？」

「魔王做的事情，基本上都頗獲客人的好評吧？當然這也要多虧木崎小姐幫忙交涉。」

「嗯……」

惠美露出有點嚴肅的表情，坐到千穗對面的椅子上。

「不過不只是麥丹勞，這類企業除了商品以外，也很拘泥於提供『均質的服務』吧？魔王的那種舉動，不曉得算不算跳脫『均質』的範圍？」

「啊。」

此時千穗想起幡之谷站前店剛開始開設MdCafe時的事情。

木崎泡的咖啡，味道明顯和真奧泡的咖啡不同。

千穗原本認為只要咖啡好喝就行了，真奧卻說「這樣等於是讓沒喝到木崎泡的咖啡的客人，買到品質較差的商品」。

「妳知道嗎？最近客人們都在說木崎小姐泡的咖啡味道變差了。」

「咦？」

千穗發自內心感到驚訝。

因為木崎不可能在工作方面偷工減料。

這表示……

注意到千穗的表情後，惠美點頭說道：

「沒錯，不是變難喝，是『變普通』了，除了我以外，明子小姐也有聽見常客在傳這件事，我當時還在想究竟是怎麼回事……」

「木崎小姐也在避免提供脫離『均質的服務』……？」

「有這個可能，但我們實際上也無法確定吧？畢竟我們也不能直接去問木崎小姐。只是一想到七夕的事情，以及魔王至今接客的表現，就會覺得他之所以能那麼做，主要還是因為他的上司是木崎小姐。」

正式職員的錄取率絕對稱不上高，木崎剛才的自言自語，變「普通」的咖啡，以及真奧或許超出「均質」範圍的工作表現。

這些因素或許會妨礙真奧在麥丹勞這間公司出人頭地。

關於如何獲利，公司有公司自己的考量。

所謂的「利益」，除了帳面上的數字以外，在其他看不見的地方也確實存在基準，換句話說，就是不會超出麥丹勞這個企業被期待的上限或下限的一種「信用」。

不過真奧和木崎的工作表現，超出了期待的上限，這或許會相對害其他分店的信用受損。明明有能力提供顧客更好的服務，卻必須刻意壓抑自己的能力，這乍看之下非常不講理。不過如果不設置上限，就可能會在毫無惡意的情況下，害被期待的信用崩潰，為其他人帶來不良影響，這也是不爭的事實。

對千穗來說，只要真奧愈有機會成為正式職員，真奧和惠美就愈有可能繼續待在她的身邊，所以這讓千穗心裡突然蒙上一層不安的陰影，或許是察覺到千穗的心情，惠美嘟囔地說道：

「希望他能不輸給這些因素，好好努力呢。」

「咦？」

因為惠美坦率說出替真奧加油的話，讓千穗意外地抬起頭。

惠美像是看穿千穗的疑問般點頭說道：

「因為只要魔王成為正式職員，安特・伊蘇拉就能趁他在這裡努力的期間完全復興，讓他再也沒機會做征服世界這種蠢事。」

「遊佐小姐……」

「然後我偶爾會臨時起意和阿拉斯・拉瑪斯一起來觀察那傢伙的狀況。看他有沒有做什麼蠢事或壞事。然後……嗯。明年也要和阿拉斯・拉瑪斯、千穗以及珍惜的大家一起過七夕和聖誕節。我已經……」

此時惠美起身走向自己的櫃子。

「不想再過打打殺殺的日子了。我決定了，雖然對艾謝爾不好意思，但我要讓他同時為兩件事情流淚——因為魔王順利成為正式職員而喜極而泣的眼淚，以及感嘆惡魔征服世界的目標再也無法實現的眼淚。」

「……！那、那就表示……」

千穗忍不住以翻倒椅子的氣勢起身，從背後抱住為了換衣服而脫下襯衫的惠美。

「遊佐小姐、遊佐小姐！這表示！」

「…………是我輸了。一切都將照千穗所想的發展。真令人不甘心。」

惠美沒回頭，直接以溫柔的聲音說道。

「我……已經不打算再戰鬥了。」

◇

在得知伊古諾拉和撒旦葉與路西菲爾令人意外的關係後，千穗等人都露出驚訝的表情，加百列滿意地環視眾人，接著說道：

「雖然路西菲爾是在我們離開母星後才誕生，但總之伊古諾拉發現了讓人不老不死的途徑。但那還在實驗階段，只是『幾乎確定能讓人不老不死』。這也是理所當然。畢竟如果不實際經過一段期間，根本無法確定人會不會因為壽命或疾病死亡。不過伊古諾拉等人達成當初的目的，成功找出能夠對抗蔓延母星的風土病的方法這件事，還是對世間帶來重大的影響。然後，就像我一開始說的那樣，人們開始爭奪不老不死的技術，導致我們的星球滅亡。」

「等、等一下！再怎麼說這樣的說明都太簡略了吧？」

「就是啊～雖然知道人們開始爭奪不老不死的技術～但怎麼可能這樣就滅亡了～～」

「而且光靠這些資訊，根本不足以解釋為什麼加百列先生他們現在會在安特．伊蘇拉的月亮上吧。」

加百列舉起雙手，抑制鈴乃、艾美拉達和千穗的連續攻擊。

「別急別急。這背後當然有各式各樣的理由。不過就像我剛才對克莉絲提亞．貝爾說的那樣，這些事情全都既不意外也不高尚。接下來發生的一連串令人絕望的事情，都只是在證明人類這種生物有多麼愚蠢。」

在風土病開始蔓延整個星球的初期，首先滅亡的是在經濟與軍事方面都不夠成熟的國家。雖然國民並未因此滅絕，但人口還是減少到無法繼續維持國家的架構。

雖說是小國，但只要有許多國家滅亡，世界的經濟也不可能不受影響。

大國都忙著保護本國的經濟，在伊古諾拉等人於月球進行研究的期間，各個國家持續維持互相敵視的緊張狀態，並在最後到達極限。

以伊古諾拉為首的月球移民都市，遲早會找出對抗風土病的方法，為了早一步受惠，各國都爭相提供金錢與人才。

無論是伊古諾拉、撒旦葉、卡邁爾、拉貴爾、加百列、沙利葉還是萊拉，所有人都出身不同的國家。

因此月球的移民都市就像是世界的縮圖，聚集在那裡的人們都為了拯救世界而團結一致。

然後當伊古諾拉在某天發表研究成果時，一直支撐他們的大地，開始按照國境分割。

首先是派遣伊古諾拉的國家，企圖將她召回地面。

撒旦葉也同樣收到母國的召回令。

只要是和不老不死的研究有關的人，全都收到了國家的召回命令。

不過從研究者們的角度來看，不老不死的研究才剛開始，根本就還沒達到實用階段，因此現在還不能回國。

研究者們以撒旦葉和沙利葉為窗口，持續努力和母星協商，但結果並不順利。

不只如此，負責管理月球移民都市的國際機構，還開始從世界各地收到思慮淺薄的訴求。

例如，某國將我國的研究者拘禁在月球的移民都市。

例如，某國為了盜用我國的研究，派了間諜過去。

例如，讓月面的人員和物資著陸的宇宙基地位於我國，所以要對從那裡帶出來的研究成果課關稅。

所有人都不顧羞恥地想將不老不死的研究占為己有。

在這段期間，甚至有國家想只靠伊古諾拉的研究團隊或移民都市對外發表的文章類推出研究內容，強迫國內的機關重現不老不死的研究。

也有人認為大國獨占研究是一種違反人道的罪孽，並因此開始進行恐怖行動。

為了拯救全世界人類的研究成果，反而讓世界陷入混亂。

不過在這段期間，風土病依然持續侵蝕星球。

覆蓋加百列母星的有害物質，會同時在人體各處引發各種完全不同的症狀，因此只要發作過一次，除非運氣特別好，否則根本沒機會獲救。

有害物質主要是透過呼吸系統入侵體內，如果是在消化系統發作，就會妨礙人體補充營養，如果是在神經系統發作，就會妨礙神經訊號的傳達。

如果是在肺部發作，就會讓吸收氧氣的比率顯著下降，如果是在血液發作，就會讓負責凝血作用的物質變得容易產生血栓。

發生症狀的機率有很大的個人差異，有些人即使經常吸入有害物質，也能活到正常的歲

數，也有些人即使幾乎都處在無菌狀態，只要稍微吸入微量的有害物質，就有複數部位同時出現症狀，一般的醫學治療，馬上就面臨了極限。

這種發病後的五年存活率不到百分之五十的風土病罹患率，超過總人口的百分之三十，讓全世界的平均壽命和人口動態以毀滅性的速度下降。

等不老不死的研究開始產生現實感時，人類已經抵達了連未完成的技術都想爭奪的極限狀態。

即使想離開母星，也只有一部分的富裕階層有辦法移居到月球或其他星球的移民都市，而且即使搬到那裡，也無法保證能完全排除在星系內飄散的有害物質。

實際上儘管數量不多，但伊古諾拉等人所在的研究所也有人發病，加百列也啟動過好幾次生化警報。

即使如此，在大國還能壓抑世界的期間，狀況都還算好。

月球的研究者們用各種理由拖延回國的時間，總算讓不老不死的研究有所進展。

在研究所中，與學術或技術無關的障礙快速增加，身為警備主任，加百列也不得不讓警備人員從鎮壓用的武裝換成具備殺傷力的裝備。

就算是在這樣的狀況下，包含伊古諾拉、撒旦葉、萊拉和卡邁爾在內的所有研究相關人士，都相信只要自己的研究完成，就能讓世界停止無意義的紛爭，不眠不休地持續工作。

他們不顧被母國或其他國家派來的特務綁架或襲擊的危險，多次前往位於月球背面的巨樹採取樣本，不只是達成不老不死的目標，他們同時也在策劃量產這項技術的方法。

唯一支撐他們的，是想從這個突然天降的災禍拯救全人類的意志。

某天，那件事發生了。

通報加百列的人是萊拉。

伊古諾拉和撒旦葉突然激烈的爭吵。

加百列趕到場時，確實聽見了一句話。

『這孩子才是人類的希望！是能為所有即將滅亡的人類帶來光明的晨曦之子！』

雖然這句話激怒了撒旦葉，但伊古諾拉完全不予理會。

『完成了！終於完成了！我成功了！這樣人類就能獲救了！』

加百列不知道伊古諾拉做了什麼。

雖然不知道，但他理解伊古諾拉針對不老不死，做出了某個結論。

就在這時候。

通知移民都市整體陷入嚴重的異常狀況的警報聲響起。

身為警備主任的加百列，收到部下的警備人員以慘叫傳來的通訊。

「內容是『凱耶爾和舍姬娜來了！好多人都被殺了！請快點逃跑！』。」

魔王，暫時缺席。4

艾美拉達趁惠美與千穗都有排班的時候去麥丹勞吃晚餐，而幾乎就在同一時間。

在帝城伊雷涅姆獨特的尖塔屋頂休息的無數隻鴿子，同時被一陣怒吼聲嚇得飛走。

「我！討厭！這個國家的人！」

一名身材高大的男子衝出小小的辦公桌，大量文件像憤怒的火花般朝周圍散落。

「吵死人了，艾伯特，居然敢在我面前明目張膽地說出這種話，你不怕被審問嗎？」

在勇者的夥伴中也以壓倒性的體格為傲的艾伯特・安迪，展現出讓人聯想到野生肉食動物的凶猛吶喊與敏捷的動作，一名女子在看見這樣的景象後依然維持冷靜，連眉頭都沒皺一下。

「囉唆，海瑟！我也討厭妳！我再也幹不下去了！」

這裡不是戰場，所以女子身穿平常的辦公服，但這依然藏不住從她內在散發出來的威嚴。

她是在五大陸聯合騎士團中代表西大陸，目前以聖・埃雷近衛騎士團長的身分位居軍政頂點的年輕女將軍，海瑟・盧馬克。

「難怪艾美不想回來！西邊的每個傢伙都是陰沉又陰險！」

「你跟我說這個有什麼用，艾伯特法術監理院代理院長。」

盧馬克冷淡的回答，讓艾伯特激動地吼了回去：

「沒錯，我只是代理！真要說起來，我只是法術監理院代理院長，不是代理宮廷法術士！然而你們和監理院的那些傢伙是怎樣？在背地裡說我的壞話也就算了，居然還故意在我面前用我聽得見的音量說什麼『這種程度的事情，如果是艾美拉達院長一定馬上就處理好了』！要是你們真的這麼不滿，沒關係，我馬上離開這個位子！相對地你們立刻去把那個花椰菜矮子給我叫回來！反正我原本就不是自願坐上這個小家子氣的位子！」

「只因為被法術士們說壞話就開始抱怨，看來你的神經意外地纖細呢。」

盧馬克看著怒吼的艾伯特，意外似的抬起眉毛。

「如果刻意以充滿偏見的方式來說，監理院的那些法術士與研究者原本就非常不知世事，只要抱著認真理會他們反而比較麻煩的想法，應該就不會生氣了吧。」

「我早就已經過了那個階段！如果只是叫我做事也就算了，為什麼我非得一面被那些瘦弱的傢伙瞧不起地說『這裡錯了，這是第二次了』，一面蓋訂正章不可啊！」

「看來你累積了很多壓力呢。話說我是因為請示書快到期，所以才代替那些怕你怕到不敢靠近的人過來催促進度。」

「啊？是前天那個只有鎧甲特別華麗的貴族少爺說的那件事嗎？拜託妳稍微重新檢討一下近衛騎士團的採用標準！就算穿著那種閃閃發光又顯眼的鎧甲上戰場，也是連幫別人擋子彈都不夠格喔？不如說敵人還會瞄準那種傢伙施展法術，為友軍帶來極大的損害！」

「他們的工作不是上戰場，而是當帝城的裝飾品。只要將永遠不會被刀槍攻擊的鎧甲打磨到能當鏡子，把陽光反射到來自其他國家的使者臉上讓皇帝陛下的城堡看起來閃閃發亮，他們就能領到薪水。」

「那他們的身分還真是尊貴啊？嗯？而且他們的薪水還比從其他大陸前往中央大陸討伐惡魔餘黨的傢伙們高吧！這世界真的是有問題！」

「你說得完全沒錯，那麼艾伯特代理院長也想站在和他們相同的立場嗎？一定會很無聊喔？」

「那些傢伙一定一輩子都不會發現自己過著無聊的人生吧！要是不會發現，那樣也好！」

「真是的。」

看見艾伯特抓狂的樣子，盧馬克將手中裝了請示書的催促書的信封握爛，扔進辦公桌旁邊的紙屑桶。

法術監理院是由宮廷法術士艾美拉達．愛德華擔任院長，由皇帝直轄的正式機關，名義上是與騎士團獨立的組織。

因此只要是來自騎士團的諮詢、請求或其他事務，都必須確實製作文件，換句話說，盧馬克藉此營造出艾伯特收下催促書但駁回的體裁。

「要出去喝一杯嗎？對來自北方寬廣大地的山之戰士來說，都會的帝城應該太狹小了吧。

要不要出城散散心？」

「要是能就這樣直接逃亡，那我就願意奉陪！」

「我也不想害自己困擾。所以如果你逃跑，我應該會對全國發布你的通緝令。」

雖然盧馬克並非真的認為艾伯特會逃跑，但最後還是將艾伯特帶到她的辦公室。

「真是缺乏情調的邀約。」

「有時候光是身為女性，就足以構成弱點。我自己也沒那麼喜歡自己國家的人們。」

海瑟．盧馬克的辦公室只能以樸素來形容，完全感覺不到女性的華麗色彩。

就連儀式用鎧甲的各個零件，都被磨得像刀刃般光亮。

「我最近得到很稀有的酒，但這種酒的外表，讓我無法推薦給那些喜歡高貴的酒喜歡到無可救藥的傢伙。就這點來說，如果是在世界各地流浪的勇者的夥伴，就不需要有這些顧慮。」

「唔喔。」

盧馬克一從書架深處拿出藏在裡面的瓶子，艾伯特就驚訝地睜大眼睛。

「是南大陸的酒吧。」

「你果然知道啊。」

在大容量的樸素酒瓶裡，泡了一整隻詭異但似曾相識的巨大蜥蜴。

「這似乎是只有沙漠之國的王族知道作法的祕酒。你有喝過嗎？」

「我不知道這還能做成酒。等把酒喝完後，可以把裡面的蜥蜴切塊並灑上辛香料，然後串起來烤。那樣會很好吃喔。」

被倒進銀製平底杯裡的酒呈淡金黃色，並散發出強烈的酒精味，艾伯特乾脆地含了一口在嘴裡，發現口感意外地柔和，這種彷彿從喉嚨到胃都被溫柔撫摸的味道，感覺會讓人上癮。

「還不錯呢。」

「對吧？」

盧馬克乾脆地將昂貴的酒倒進艾伯特變空的杯子裡。

「那麼，艾美拉達還有說什麼嗎？」

「啊？」

「她不可能只是不負責任地延長待在異世界的期間吧？」

「這就難說了，我覺得不想錯過美食才是她的真心話，那裡好像有種類似聖誕祭的祭典，並且有許多只有在那個時期能吃到的東西。」

艾伯特這次像是想用舌頭細細品味般，小口小口地含著喝。

「這表示除了她的真心話以外，還有其他的理由囉？」

「嗯。」

明明沒有人請他入座，艾伯特依然直接坐到沙發上。

「艾米莉亞好像想上大學，當然是那邊的學校，所以她想支持艾米莉亞。」

「喔。」

盧馬克開心地睜大眼睛。

「在日本，平民女性也能進入高等學府就讀啊。」

在聖・埃雷，只有貴族男子能夠接受像大學那樣的高等教育。

就連表面上不重視身分，對所有百姓敞開神之門的教會神學院，實際上也是用來收容那些無力進入大學就讀的貴族子弟。

因為聚集了許多只有家世能看的傢伙，所以民間都傳說要是有平民不小心混進去，在裡面就只能度過如坐針氈的生活。

「那裡好像不限制身分，但相對地要花錢。」

「這樣啊。既然是在異世界，那也無法從這裡送援助過去。」

「就算有辦法換錢，我想艾米莉亞也不會接受這裡的援助。」

艾伯特看著在酒杯中散發香氣的液體表面說道。

「說得也是。光是賣『勇者艾米莉亞』人情，就足以在與安特・伊蘇拉有關的所有局面中取得優勢。艾米莉亞或許會因為覺得這樣很麻煩，而再也不回到這裡也不一定。」

盧馬克搖晃著散發嗆人香氣的酒杯，笑著說道。

「妳看起來好像很高興。」

「那當然，因為我不希望艾米莉亞回來。」

艾伯特能夠痛切地了解盧馬克隱藏在笑容背後的真意。

「蒼天蓋的事情，似乎比想像中還要早傳開了。」

所謂蒼天蓋的事情，就是指勇者艾米莉亞和惡魔大元帥艾謝爾還活著的情報。

「當然艾米莉亞和艾謝爾現在都不在安特・伊蘇拉，不過他們兩人的身影實在被太多人看見了，雖然情報傳得愈遠就會變得愈稀薄，但不管酒被稀釋得再怎麼淡，還是有侍酒師能看穿真相。」

「即使如此，應該也沒多少人想得到答案是異世界吧。」

「無法斷定絕對沒有，畢竟連惡魔和天使都實際存在。」

盧馬克本人雖然是虔誠的大法神教會信徒，但也不至於愚蠢到盲目地相信這世界的一切都和神有關。

「艾米莉亞就算回來這裡，也絕對無法獲得幸福。如果有騎士團幫忙管制情報，她應該能復興斯隆村吧，但不管再怎麼管制，最後一定會有漏洞。現在艾米莉亞・尤斯提納的名號光是存在，就無法避免造成犧牲。」

勇者艾米莉亞是在聖・埃雷的斯隆村出生。基於這樣的事實，從艾米莉亞驅逐路西菲爾並開始被當成救世英雄開始，聖・埃雷就經常打著艾米莉亞的名號讓自己在政治、經濟與軍事上取得比其他國家優越的地位。

在對抗人類共通的敵人魔王軍時，聖・埃雷至少還能維持自己是被迫首當其衝、付出最多犧牲的國家這樣的姿態。

但全世界共通的敵人已經消失的現在就不同了。

即使成功讓外國和其他大陸認識到艾米莉亞是聖・埃雷人，但這次又換聖・埃雷內部針對艾米莉亞的待遇和從屬展開政治鬥爭。

雖然斯隆村算是卡希亞斯城塞市的衛星城鎮，但卡希亞斯城塞市也有統治包含斯隆村在內的鄰近村落的貴族領主存在。

上一代的卡希亞斯侯爵隸屬於之前的近衛將軍丕平・馬格努斯的派閥，隨著丕平在「蒼天蓋事件」失勢，他也跟著失去這樣的地位。

不過這並不代表侯爵家本身就此斷絕。

只是丕平派系就此從表面舞臺上消失，能夠繼承侯爵家的親戚與姻親依然還有很多。

其中有些人對地方和其他國家很有影響力，要是隨便讓侯爵家斷絕，一定會招致其他貴族們與卡希亞斯侯爵領地的下位貴族們的反感。

因此目前是從卡希亞斯侯爵家中選出親盧馬克的人來管理家族，讓卡希亞斯侯爵家的家名

得以存續，上一代的罪名也跟著一筆勾銷。

也因為是這樣的狀態，即使艾米莉亞希望回斯隆村過隱居生活，光是人類最強的存在住在那裡這項事實，就足以讓當代的卡希亞斯侯爵在國內擁有壓倒性的影響力。

如果只是名聲被利用那還算好，但應該會有低俗的貴族，為了對卡希亞斯侯爵與其背後的盧馬克、甚至是聖·埃雷的皇帝擁有影響力，而不惜利用艾米莉亞身為女性的尊嚴吧。

簡單來講，就是在聖·埃雷裡，一定會有人想娶艾米莉亞為妻，藉此提升家族的名望。

然後以艾米莉亞的性格，她絕對不願意讓自己變成政治鬥爭的工具。

「這樣就只能像我一樣，一輩子都貫徹單身了。」

「我倒是聽說皇太子殿下也很想要海瑟·盧馬克的名聲呢？」

「雖然我不至於像個少女那樣說什麼不需要不想追求我本人的男人，但我有自信一輩子都不會愛上那群只會擦鎧甲的無能之輩的老大。」

「這可不是審問就能了事。侮辱帝室應該會被判死刑吧。」

艾伯特也很欣賞盧馬克心直口快的個性。

「要是艾米莉亞愛上平民的男性，那個男人應該會神祕地死於非命吧。不過若嫁給貴族，又等於是自己主動跳入政治鬥爭。那個擦鎧甲的老大，才真的是不值一提。」

「英雄只能活在傳說裡嗎？」

「不然就是只能活在沒人知道她是英雄的世界。」

盧馬克蓋上蜥蜴酒，重新藏在書櫃裡。

「說到我現在能為她做的事情，就只有希望她別對拯救了安特‧伊蘇拉這件事感到後悔了。」

「她的器量才沒那麼狹小。」

「有些小時候沒發現的事情，必須等變成大人後才會發現。」

外表年輕的盧馬克，其實也經歷了一段即使擔任國家要職也不會不自然的歲月。

比起艾美拉達，她的年齡更接近艾伯特。

正因如此，關於讓比自己年幼十歲以上的少女背負別說是一個國家，甚至是整個世界的重擔這件事，盧馬克感受到的內疚比艾美拉達還要強烈。

只是基於盧馬克和艾米莉亞的距離感和職責問題，她很少表現出來而已。

「即使如此，只要能打造出可以讓艾米莉亞幸福生活的世界，我什麼都願意做……不過她應該不期待我這麼做吧。畢竟對艾米莉亞來說，我應該只是無時無刻都在找機會利用她的當權者之一。」

盧馬克有些寂寞地垂下視線，艾伯特不懷好意地笑道：

「這妳大可放心。艾米莉亞在日本不必在意這裡的限制，而且她已經有能聽她抱怨的對象

了，現在妳根本就沒辦法為她做什麼。」

「哼……我姑且問一下當作參考，你說的那個人是誰？」

「啊？」

盧馬克以充滿好奇心的視線凝視艾伯特，艾伯特過了一會兒才理解對方希望自己說什麼，然後嘆了口氣。

誰會中妳這招啊。

「是個叫千穗．佐佐木的小姑娘，以及叫梨香．鈴木的女性。兩人都是艾米莉亞的工作夥伴。還有克莉絲提亞．貝爾，以教會的人來說，她算是個很明理的女性。最棒的一點，就是她不會拿神出來壓人。」

「唉————」

艾伯特的回答，讓盧馬克用力皺起眉頭，她毫不掩飾自己不滿的表情輕蔑地說道：

「無聊！這算什麼啊！」

「怎樣啦！」

「就是因為這樣，監理院那些人才會在背後說你的壞話。我都已經請你喝酒了，你就不會稍微取悅我一下嗎？」

這實在是太不講道理了。

「不管怎麼做，會被非難的時候就是會被非難。既然如此，不如盡可能用不會讓自己累積壓力的方式去做。」

「哼，雖然我不知道你是不是受到艾美拉達的影響，但太過敏銳的男人也很無趣。」

「不管敏不敏銳，至少比愛抱怨的女人好。」

「原來如此，看來我們是那種一輩子單身，反而能過得比較快樂的類型。」

「北方的游牧民族本來就不會定居在特定的地方。感謝妳的好酒啊，作為回報，剛才的催促書，我會優先處理。」

離開不斷抱怨的盧馬克的辦公室後，艾伯特乖乖踏上返回法術監理院的歸途。

一路上艾伯特反覆透過窗戶俯瞰聖都的風景，他心想明明人們的生活是如此單純，為什麼人世會變得這麼複雜呢？

「……不妙不妙，又不是因為喝了好酒而喝醉。」

原本對艾米莉亞來說，聖・埃雷並不算特別難生活的地方。

不限於斯隆村，在世界各地應該都能找到能讓艾米莉亞隱藏身分生活的地方，反倒是若艾米莉亞在日本功成名就，日本應該會對艾米莉亞的人生帶來一定程度的限制。

「魔王那傢伙，似乎在那裡過著隨心所欲的生活。」

艾伯特至今也遇過許多敵對的惡魔，尤其是在接觸到過去壓制北大陸的亞多拉瑪雷克的人

格後，他發現惡魔並非一群沒有理性的動物。

惡魔也有惡魔的社會，惡魔之王應該也背負著一定程度的枷鎖。

不過魔王撒旦和勇者艾米莉亞在日本的出發點，果然還是有決定性的不同。

撒旦是以王的身分出現在安特・伊蘇拉，並以王的身分逃到日本。

另一方面，艾米莉亞是非自願地成為勇者，並為了獨自履行被當成英雄崇拜的責任而漂流到日本。

撒旦雖然沒實現征服世界的野心，但還是走在他本人期望的道路上。

艾米莉亞雖然實現了世界和平的願望，但這並非她本人期望的道路。

儘管不曉得艾美拉達是否有注意到這方面的差異，但從艾美拉達想支持艾米莉亞選擇的道路來看，在她那份心情的深處，應該有體會到這個難以動搖的事實。

雖然經常聽說有人在自己不期望的道路上，找到了完全不同的理想，但如果想讓艾米莉亞將來能度過幸福的人生，或許就只剩下這種生存方式了。

如同盧馬克所言，現在的安特・伊蘇拉沒有艾米莉亞的容身之處。

她的名字光是存在，就無法避免傷害到別人。

「所以還是讓她留在日本玩勇者家家酒，繼續和魔王鬥嘴吧，」

這也讓人覺得有點可笑。

因為這個世界欠艾米莉亞一個大大的恩情，所以作為回報，稍微替她實現一個願望應該也不為過吧。

為什麼這個世界只要不利用勇者艾米莉亞，就會無法生存呢？

「話雖如此，也不能讓它就這麼滅亡。」

只要讓世界別過度依賴艾米莉亞就行了。

在艾米莉亞和魔王待在日本的期間，安特・伊蘇拉應該有做到這點。

「這就像是被留下來看家的孩子，向回來的父母撒嬌一樣。」

只要魔王和勇者繼續外出，安特・伊蘇拉就能勉強自律。

不過要是可靠的監護人一回來，世界又會恢復成無法克制慾望的小孩子。

要是連魔王都一起回來，這次真的會變成「無藥可救的世界」吧。

遺憾的是，在這種時候應該成為人們依靠的「神」，現在背負著非常重大的嫌疑。

如同艾米莉亞和艾謝爾回來的情報被洩漏到世界各地般，大法神教會的最高指導者——六大神官之一的奧爾巴・梅亞對人類的重大背叛行為，也逐漸傳開了。

除了教會的領導階層以外，這些情報也開始透過和奧爾巴勾結的不平派系，以及按照奧爾巴的指示將惡魔引進自己國家裡的東大陸有力人士身邊的人，流傳到世界各地。

「和平真是困難。還是戰爭單純多了。」

在艾伯特如此嘟囔的期間，他再次回到憂鬱的監理院院長室，重新撿起剛才被盧馬克丟進紙屑桶的催促書。

「呃～我看看？關於派遣研究者對聖地周邊進行聖法氣濃度調查的請示……啊，好像的確有這件事。我記得和教會有關的文件是放在這附近……」

艾伯特在前幾天決定暫緩處理的文件堆中，找到了相對應的請示書。

「嗯，沒錯。因為要我們派遣三十名研究員實在太誇張了，所以我才決定先放著。開什麼玩笑，這裡的人手原本就不夠了，居然還有臉把和教會有關的案件丟給艾美這裡（法術監理院）處理。」

這項計畫原本似乎是打算派人去大法神教會的大本營兼聖地——聖．因古諾雷德調查能夠採取聖水的泉源。

聖．因古諾雷德的聖水含有豐富的聖法氣，所以不只是儀式用途，教會醫院也會用在治療用途上，但最近那裡的泉質似乎變差了。

自從艾美拉達無緣無故被帶去進行異端審判後，教會和法術監理院的關係就大幅惡化，但因為教會與聖．埃雷之間的關係非常親密，所以兩者之間還不至於因為這種程度的事情就產生足以讓關係斷絕的裂縫。

不過即使如此，在監理院的研究者們當中，還是有很多人因為艾美拉達的事情對教會懷有遺恨，要是艾伯特在艾美拉達不在時接受教會的委託，說他壞話的人一定又會急速增加吧。

「唉唉唉唉唉……艾美，拜託妳快點回來吧……」

聖水的品質惡化會直接對人民的生活帶來影響，進一步而言，也可能導致教會的威信過度下滑。

只要法術監理院——或者說聖・埃雷能解決連教會的神學院教授都無法解決的問題，就有機會賣對方人情，所以這部分也只能想辦法鼓起幹勁。

「話說聖法氣的蘊含量明顯減少啊……該不會是因為崩塌導致地下水的路徑改變之類的吧？」

艾伯特在困惑的同時，也以監理院代理院長的身分在請求書上蓋上同意的印章，然後著手製作派遣人員的清單。

◇

「凱耶爾和舍姬娜的目的，是抹消不老不死的技術。他們接連破壞和不老不死有關的資料與設備。普通的警備人員，根本就不是他們的對手。我、撒旦葉和卡麥爾組成最後的防線鎮壓他們，那是一場激戰。要不是有理解他們基因構造的撒旦葉在，我應該在那時候就死了。」

加百列顫抖地說道。

這是千穗第一次在這位即使同時與魔王和勇者為敵、依然能夠神色自若的大天使臉上看見「恐懼」的感情。

「那個凱耶爾先生和舍姬娜小姐，不是曾經協助過伊古諾拉的研究嗎？為什麼後來又突然……？」

會有這個疑問很正常，而加百列也早已預測到這個問題。

「他們低估了伊古諾拉的力量，他們完全沒預料到自己的協助，居然會讓伊古諾拉研發出不老不死這種不得了的技術。他們本來以為研究頂多進展到更之前的階段，也就是找出對抗風土病的方法。不過最後伊古諾拉找到的那個能夠實現不老不死的技術，對身為質點之子的他們來說，是無法忽視的『人類的危機』。」

只有在人類陷入光靠人類無法對抗的危機時，質點才能介入人類的歷史。

而對抗風土病的研究陷入瓶頸，無疑是人類的危機。

但也因為質點的介入，導致人類瀕臨名叫「獲得不老不死」的危機。

「這道理很簡單，如果人類變得不會自然死亡，世界會變得如何？」

人口爆發、糧食不足、領土紛爭。

千穗等人的腦中，閃過這些單純的狀況。

「人類如果想創造歷史，就不能克服死亡。」

如果所有的人類都變得不老不死，那世界就會崩壞。

凱耶爾和舍姬娜，並不是為了這種事情協助伊古諾拉。

所以他們才為了抹消人類的危機發起戰鬥。

「不過……撒旦葉和卡麥爾，在激戰的最後獲勝了。雖然這或許是只有熟悉凱耶爾和舍姬娜DNA構造的兩人才能辦到的事情……但這件事就結果而言，還是為安特・伊蘇拉帶來了不幸。」

雖然月球的研究所擊退了質點之子，但這場研究所的危機在傳到母星那裡後，就完全變樣了。

也就是所有的國家，都判斷是某個國家為了獨占研究成果才襲擊月球。

於是永無止境的戰爭就此展開。

各國都開始以保護自己國家研究者的名義，一齊派兵前往月球。

不過這些軍隊在地面、空中、宇宙甚至月面不斷衝突，互相殘殺。

月球的研究所和移民都市在達成研究目的後，面臨這個超出想像的狀況，他們做了一個決定。

那就是脫離月球表面。

要是研究所就這樣被各國的軍隊拆散，好不容易確立的不老不死的技術將因此失傳。

母星的各個國家已經完全失去冷靜，無論月球的研究所說什麼，所有的研究都一定會因此功虧一簣。

伊古諾拉他們捨棄了母星。

身為警備負責人，加百列讓一部分的移民都市和研究所一起逃往宇宙。

所有的行星移民都市，在緊急時都能被當成可動型的宇宙基地運用。

這基本上是在當初前往宇宙時就定好的規定，是為了避免被特定國家占領的必要措施，但誰也沒想到，這個功能最後居然是用來逃離母星所有的國家。

各國的軍隊只能眼睜睜地看著研究所離開月球表面。

要是隨便攻擊，就會失去不老不死的技術。

做出這種事的國家，一定會因為被全世界集中攻擊而滅亡。

「不過即使到了這個地步，母星的各個國家還是沒有停止鬥爭。」

萊拉悲傷地搖頭。

「只是換成全部的國家都對我們發出『不要逃跑』、『快點回國』之類搞不清楚狀況的命令。他們終究還是無法理解我們想逃離什麼。」

伊古諾拉對母星感到絕望，決定讓月球的移民都市脫離母星的衛星軌道。

「在母星與月亮逐漸遠去時，聖法氣掃描器偵測到異常的反應。我們用超長距離的光學望遠鏡，捕捉到那棵枯死的巨樹緩緩離開月球的景象。」

『人類結束了。』

『對不起，「知識」。』

在激戰的最後，被捕的凱耶爾和舍姬娜的身影在沒有被任何人看見的情況下，隨著這句話一起消失。

之後以伊古諾拉為首的月球移民都市與研究所的人們，透過超遠距離的掃描器，得知所有行星的移民都市和母星的主要都市都毀滅了。

這是在他們逃離星系，於星系外圍漂流的時候，才短短十年就發生的事情。

輕易就失去了依靠的伊古諾拉等月球的移民都市居民，之後在宇宙中漂流了漫長到讓人光想就頭暈的時間。

「你們應該也猜到了吧。漂流到最後，我們抵達了安特・伊蘇拉的月亮。我們的聖法氣掃描器，捕捉到和資料庫內那棵長在月亮背面的巨樹一樣的波長。」

「那是……！」

惠美倒抽了一口氣，萊拉沉重地點頭。

「在那附近，有和母星一模一樣的星球。我們選擇那裡作為第二個故鄉。不過……當時的安特・伊蘇拉，還只有一個月亮。」

續・高中女生與粉領族，一起迎接新年

「為什麼……為什麼事情，會變成這樣？」

梨香在聽完千穗的話後發出的悲鳴，震動著已經變成空殼的二〇一號室冰冷的空氣。

「大家不是要為阿拉斯．拉瑪斯妹妹慶祝聖誕節！將惠美的媽媽他們以前的事情拋諸腦後！忘記戰鬥，不去管天界或安特．伊蘇拉人的事情，珍惜現在的生活嗎？然而，為什麼！」

千穗不帶感情的側臉，冷靜地回答梨香所有的問題。

「聖誕派對，最後沒有舉辦。」

「咦……」

「首先回去的人，是艾美拉達小姐，然後是鈴乃小姐，再來是遊佐小姐與阿拉斯．拉瑪斯妹妹，諾爾德先生和萊拉小姐則是接在她們後面，最後是真奧哥、蘆屋先生、漆原先生和艾契斯。那是二十六日發生的事情。」

「二十六日，不是聖誕派對的其中一個候補日……」

「二十三日是假日，所以原本應該是要在那天舉辦派對。考慮到鈴木小姐也有可能參加，還是辦在假日比較好。不過……真奧哥他們在二十三日前，就決定要回安特．伊蘇拉了。所以二十六日時，大家已經……」

「丟下千穗妳一個人？」

「……是的。」

「這、這實在是太過分了！連大家一起決定的派對都沒辦，這還算是朋友嗎？」

「這也沒辦法。一切都是無可奈何。全部的事情，都被僅僅一句話給推翻了。就連漆原先生，都因為那句話而下定決心參戰。」

「怎麼會……大家明明都有各自的想法和想做的事情，為什麼……」

表情僵硬的千穗淺笑道：

「一旦被說了那種話，不管是誰都贏不了。」

「千穗……」

居然連比自己堅強、和那些異世界訪客交心的期間比自己更長的千穗，都這麼輕言放棄，究竟是發生了什麼事情？

梨香心裡連一點頭緒也沒有。

「萊拉小姐也很驚訝。畢竟那麼頑固的真奧哥和遊佐小姐，居然都說要答應她的要求。她還和加百列先生一起確認了好幾次。不只真奧哥和遊佐小姐。萊拉小姐和加百列先生也有向我、蘆屋先生、漆原先生、鈴乃小姐、艾美拉達小姐和諾爾德先生確認『這樣真的好嗎？』。但我只能回答『沒關係』。我並不是單純配合大家，而是真的只能如此回答。」

千穗完全沒有抵抗這件事，也讓梨香感到非常意外。

「那件事真的這麼嚴重？」

「當然，我沒辦法選擇和他們並肩作戰……因為我太無力了。」

室內冷冽的空氣，將千穗輕輕嘆出來的氣息染成白色。

「這麼晚才通知鈴木小姐，真是非常抱歉。」

「……這也沒辦法。畢竟我還沒做好和惠美與蘆屋先生見面的覺悟，而且老家那裡也是一團亂，所以我過年前後都待在那裡……不過……不過，這樣啊，他們都走啦。虧我今年還寄了賀年卡給惠美。」

因為想起惠美去年忘了寄賀年卡，所以梨香睽違多年地寫了賀年卡，從神戶的老家寄到惠美的公寓。

不過現在那張賀年卡，應該正在Urban・Heights永福町的信箱內，因為年初的寒冷而顫抖吧。

「下次……要什麼時候才能再見到他們？該不會以後再也見不到面了吧？」

「……這個。」

「吶……他們是去打倒神，打倒那個叫伊古諾拉的人吧？那應該很花時間吧？不過，應該也不是每天都要和別人戰鬥吧？應該還是有能回來的日子吧？」

「我不知道。當時的我，還不知道大家去那邊後，會遇到什麼事情。所以……」

千穗無力地緩緩起身。

站不起來的梨香，仍癱倒在榻榻米上。

她無法接受現實。

不，本來這才是現實。

原本不可能存在的人，憑自己的意志回到了原本的地方，無論是梨香還是千穗，都沒有資格阻止。

這個世界，原本並沒有叫真奧貞夫的男人。

這個世界，原本並沒有叫遊佐惠美的女子。

現在只是所有人都回復原本的姿態，回到原來的世界而已。

「所以……」

原來的世界。

「我不承認這種事，我沒辦法等待。」

千穗以和剛才完全不同的乾涸聲說道，內心被不可能存在的「原來的世界」支配的空虛填滿的梨香，忍不住抬頭看向少女。

「不曉得要花上多久的時間，甚至不曉得他們能不能活著回來，我沒辦法默默等待那種戰

爭結束。」

千穗憤怒地說完後，突然解開蓋住嘴巴的圍巾丟到榻榻米上。

「千、千穗？」

不只如此。

千穗放下原本揹著的背包，粗魯地脫掉身上的外套，接著她跑去玄關重新穿上鞋子，提著梨香的鞋子直接踩在榻榻米上走回來。

「千穗？妳做什麼？」

「鈴木小姐！給妳！請穿上這個！」

「在、在這裡穿，咦？等、等等，拜託妳不要自暴自棄……」

「我這次真的忍不下去了。我沒辦法等待，沒辦法繼續等待啊，難道不是這樣嗎，鈴木小姐！」

「咦，咦咦？」

千穗以將梨香整個人揪起來的力道搖晃她的身體。

「最後真奧哥還是沒有給我答覆喔？我明明很久以前就說喜歡他，他之前也說如果找到答案會告訴我，結果居然一下就忘得一乾二淨，只因為那句話就跑去那裡！我到底該等多久？妳不覺得他至少該給我一個期限嗎？我明明這麼喜歡真奧哥！」

「啊？咦？咦咦？」

「鈴木小姐也一樣吧？妳還沒從蘆屋先生那裡聽到回答吧？這樣下去真的好嗎？不好吧？妳也想要答案吧！」

「咦？答、答案？該、該不會是告白的答案？咦，可是我之前……」

「蘆屋先生有說討厭鈴木小姐嗎？」

「咦咦？什麼？」

「他有說過喜歡、討厭、要交往、不要交往、繼續當朋友或再也不想見面嗎？他沒說對吧？鈴木小姐不是哭了嗎？既然都做到那種地步了，為什麼不乾脆說再也不想見到妳！那些人總～～是這樣！雖然那或許是他們溫柔的地方，但每次都這樣的話，原本能接受的事情也會變得無法接受！我說的對吧？蘆屋先生沒把自己的感情交代清楚就跑去那邊囉？妳難道不會不甘心嗎？」

「呃，那個，該怎麼說才好。」

「如果不能和妳交往，就應該講清楚！那種什麼都不說，讓鈴木小姐自己放棄的說法實在太卑鄙了！真奧哥也一樣，不管經過多久都只會說不知道不知道，不知道的人到底是誰啊！」

「冷、冷、冷靜點，千穗，咦？妳到底怎麼了？為什麼要這麼……！」

「我已經決定，要從只會在自己房間裡寂寞地等待重要的人們回來的乖巧『小千』畢業！

所以！」

千穗在發出怒吼的同時放開梨香，輕輕將手放在位於二〇一號室中央的榻榻米邊緣。

「嗯唔唔唔唔唔唔！」

「千、千穗？妳在做什麼？」

「我在拆榻榻米，請過來幫我一下！」

「好、好的！」

梨香摸不著頭緒地協助千穗後，兩人便輕易抬起榻榻米。

即使順利抬起榻榻米，梨香還是不懂千穗為何要這麼做。

在榻榻米原本的位子底下，只有普通的地板。

那裡並沒有藏什麼東西。

不過梨香發現一件奇妙的事情。

那裡看起來異常乾淨。

通常榻榻米下面的地板不是積了一堆灰塵，就是有汙漬或裂痕，然而那裡卻乾淨到像是被打磨過般。

「我們無法戰鬥。」

千穗毅然地說道。

「我們不會飛、不會揮劍，無法發出火焰，只要從高樓墜落就會摔死，也無法修復壞掉的高速公路……不過，我會做菜！」

「咦咦？」

「我知道真奧哥、遊佐小姐、蘆屋先生、漆原先生、鈴乃小姐和阿拉斯·拉瑪斯妹妹喜歡吃什麼或討厭吃什麼！我會打掃，也會學習裁縫！在大家覺得辛苦時，我可以聽他們吐苦水！只要有手機，我也能使用概念收發（idea-link）！我能夠很有自信地說，自己已經和聚集在二〇一號室的那些人，成為在一起會很放鬆的朋友！所以！」

然後，千穗從口袋裡拿出那個東西。

那個細小到能被千穗握在掌中的物體發出淡淡的光芒，千穗高舉那樣東西揮向地板。

就在這個瞬間。

「唔哇！」

梨香忍不住保護自己的臉。

用柳安木製成的地板突然發光，宛如會發光的油膜般的表面開始晃動。

光芒愈變愈強，讓梨香忍不住閉上眼睛。

「千、千穗，這是？」

「請稍等一下。境界面馬上就會穩定下來，和那邊連接在一起。」

「連、連接……唔哇？」

在最後一道特別強的閃光照亮整個房間後，強光突然平息。

「已經可以睜開眼睛了。」

「這、這是什麼……？」

因為千穗的提醒而把手放下的梨香，在看見剛才還是地板的地方產生的變化後，驚訝地睜大眼睛。

那裡有一座摻雜著白光與藍光的光之泉。

在剩餘的五張被陽光曬得破破爛爛的榻榻米中間，突然出現一道神聖的光之泉，梨香已經不曉得該如何形容這個超越滑稽的景象。

「鈴木小姐以前應該也看過一次，在上野那裡。」

「上野……啊！」

聽懂千穗的話後，梨香猛然驚覺。

「我記得鈴乃在地獄之門那裡……那麼，難道這就是……」

「沒錯。」

千穗以有些顫抖的聲音點頭回答。

「這就是『門』。連結不同的世界，能夠跨越星海的魔法通道。」

過去真奧和鈴乃為了拯救惠美和蘆屋，也曾在上野恩賜公園開啟通往異世界的道路。

「要走囉。」

「咦？」

等梨香回過神時，千穗已經牽起她的手如此說道。

千穗不知何時已經重新揹起剛才放下的背包，並順手將梨香的側肩包掛在肩膀上，她的視線筆直對準榻榻米下的光之泉。

「咦，等一下，咦？妳說走，是要去哪裡？」

「鈴木小姐，妳平常會暈車嗎？我第一次的時候暈得很厲害，所以今天有帶暈車藥。不介意的話，可以在路上吃。」

「路上，咦？交通工具？千、千穗，妳到底在說什麼？說真的，我們現在到底是要去哪裡……」

「要走囉！」

「到底是要去哪裡啊啊啊啊啊啊啊啊啊啊啊啊啊啊啊？」

等回過神時，千穗已經用意外強大的力道，將梨香拉進光之泉內。

照理說是地板的場所，已經變成沒有任何立足點的無底空間，整個人被扔到空中的恐懼感充斥梨香的內心。

在以為會永遠持續的墜落結束後，閉上眼睛綳緊全身的梨香，察覺有人溫柔地輕拍自己的肩膀。

她本來以為自己在往下墜，但完全沒有著地的感覺。

而且也沒感覺到下墜時會持續產生的風壓。

戰戰兢兢地睜開眼睛後，映入梨香眼簾的，是以前曾經在照片或影像中看過、但一般人根本不可能有機會用肉眼看見全像的光景。

『是假的吧。』

那是地球。

藍色的巨大行星，就在梨香的面前。

感覺自己正漂浮在宇宙空間的梨香看見的景色，突然急速遠離。

地球、月亮和太陽的光輝逐漸遠去，周圍變成由扭曲的光芒組成的光之通道。

『往這裡。請跟我來。』

『千、千穗！』

從背後碰觸梨香的人，是千穗。

揹著自己的背包和梨香的側肩包的千穗，一面朝梨香招手，同時開始沿著光之通道朝某個方向前進。

她的背影看起來就像是在空中飛。

千穗的手和腳都沒動，只是持續凝視要前進的方向。

發現與千穗的距離變遠的梨香，急忙打算追上千穗。

光是在心裡這麼想，梨香的腦中就有股自己的身體在空間內前進的感覺。

她心想，這該不會是夢吧。

一切都是自己作的夢，等醒來後，就會回到那個有惠美和蘆屋在的笹塚所存在的世界。

不過——

『萬一真的發生了什麼事，請用這個。』

在一旁飛翔的千穗遞過來的嘔吐袋和暈車藥水，摸起來實在不像在作夢，都是些缺乏夢幻氣息的東西。

『千穗！那個，先別管這些東西，這到底……！』

梨香總算說出自己心中的疑問，但千穗的答案只讓她覺得更混亂。

『這裡是「門」的內部。我們目前正在「門」打開的通道中飛行。』

『飛、飛行？』

『要花一點時間。如果妳覺得不舒服，要跟我說喔，我第一次的時候也是這樣。』

『時間？咦？妳剛才說什麼？這裡是「門」，「門」是在宇宙裡？』

『因為這是連接不同世界的法術。我們現在正飛離地球，往另一個世界前進。』

『我、我們到底是要去哪裡？』

『那還用說嗎？』

梨香從來沒覺得千穗和藹的微笑這麼可怕過。

『當然是我們最喜歡的人們所在的世界。』

梨香清醒後，聞到一股熟悉的味道。

是藺草，這是榻榻米的味道。

「咦……我……」

梨香稍微睜開眼睛，她在模糊的視野中，發現了熟悉的榻榻米。

「……我果然，在作夢？」

那是場奇妙的夢。和千穗一起在宇宙漫遊的夢。

Villa・Rosa笹塚二〇一號室的榻榻米底下有通往異世界的門，在跳進那裡後飛離地球的一場夢。

「嗯……嗯？」

此時梨香發現自己莫名地流了很多汗。

應該說這裡很熱。室內的氣溫非常高。

「奇怪？我記得真奧先生家沒有暖氣……」

因為剛清醒而模糊的視野開始變清楚後——

「…………唔？」

梨香心裡突然產生一股恐懼。

自己的確正在榻榻米上。

不過這裡怎麼看都不是Villa・Rosa笹塚二〇一號室的榻榻米上。

「咦…………咦咦咦？」

如果梨香知道「大伽藍（註：大佛寺之意）」這個詞，那這裡正是那樣的空間。

寬廣到感覺無垠無盡的堅硬地面。即使抬頭也只能看見一片漆黑的天花板。讓人聯想到古老原生林的巨大梁柱排成好幾列，就連她旁邊那個看似祭壇的東西，都像小山那麼高。

將梨香的聲音反射回來並構成這個廣大又莊嚴的空間的神祕建材，看不出來究竟是石塊、磚頭還是泥土，而且這裡不知為何到處都有損壞的痕跡。

仔細一看，就會發現地板上有好幾個坑洞，有些梁柱甚至還損壞得非常嚴重。

不管再怎麼思考，梨香都無法理解在這個只能用古代遺跡或神殿來形容的地方，為什麼會

鋪著六張榻榻米，以及自己為何會睡在這裡。

「咦，這是？」

就在還難以從驚訝中平復的梨香茫然地左右張望時，她發現自己所在的三坪大空間，除了自己以外還有其他東西。

「這是真奧先生家的……」

那是和榻榻米一樣令人熟悉的東西。

看起來用了很久的便宜被爐。

「這……到底是……」

「啊？」

此時，在這個缺乏現實感的空間裡，響起了梨香以外的聲音。

因為空間過於寬廣而無法判斷聲音來自哪個方向的梨香，再次環視周圍。

接著遠方傳來堅硬的東西互相碰撞的聲音。

沒多久那個聲音就化為梨香熟悉的身影，氣喘吁吁地站在她面前。

「太好了，梨香，妳醒啦。」

「惠美……」

來人是梨香重要的好友，遊佐惠美。

雖然對方穿著梨香從來沒看過的異國服飾，但不管是臉、頭髮、眼睛還是聲音都無疑屬於惠美。

「惠美，這裡是……」

「對不起！我什麼都沒說就離開！」

「哇噗。」

惠美沒有回答梨香的問題，直接以泫然欲泣的表情抱住梨香。

「因為我急著趕回來，所以才沒時間通知妳。雖然我本來也想為了跟妳說明而回去一趟，但這裡實在有太多事要忙，於是就一直延期……現在都已經過年了吧。真的很抱歉！」

「喔……嗯，那個。」

梨香一面想著「這個香味是惠美愛用的洗髮精」這種無關緊要的事情，一面茫然地問道：

「這裡是哪裡？為什麼真奧先生家的被爐，會在這麼奇怪的地方？」

「……啊，說得也是。梨香還什麼都不知道吧！」

惠美連忙放開梨香，拍了一下手後說道：

「話說妳會不會熱？先把外套脫掉吧。雖然現在是冬天，但這裡的緯度很低，所以氣溫很高。」

「咦？喔，嗯。」

聽從惠美的建議脫掉外套後，梨香的體感溫度總算隨著熱氣被釋放而下降。

「站得起來嗎？啊，總之先穿這個吧。這裡的地板很冰。」

說完後，惠美將一雙看起來是用類似皮革的素材製成的拖鞋放到榻榻米外面。

「那個，惠美，我跳進了真奧先生家的榻榻米底下。」

「我都聽千穗說了，她好像幾乎沒做什麼說明，就硬把妳帶來了。」

「啊、呃、嗯。那個，我應該不是在作夢吧？」

「這個嘛，我倒是覺得自己在作夢呢。」

牽著梨香的手穿過大伽藍的惠美，露出發自內心感到喜悅的笑容。

「因為我一直都希望有一天，能帶梨香參觀我的故鄉。」

「惠美的……故鄉？」

最後兩人抵達伽藍的邊緣。

那裡有扇像是直接在牆上挖出來的窗戶，從那裡往外看的梨香，茫然地想著「原來這裡的天空也是藍色」。

「喔。」

「雖然這樣講可能會惹某些人生氣……但我覺得從這裡看出去的景色最棒。」

在惠美的催促下，梨香將手放在窗沿上往外看。

惠美在一旁宣告：

「梨香。歡迎來到聖十字大陸安特・伊蘇拉。」

那扇窗戶位於非常高的場所。

萬里無雲的藍天一直延伸到地平線，從距離非常遙遠的腳下往外蔓延的草原，在視野內接連轉變為森林、道路、沼澤或湖泊，不斷延續下去。

在空中飛翔的鳥，則是一群不可能存在於日本的大型猛禽。

「……哇。」

梨香傻眼地對這幅景象看到入迷。

地面和自己的距離，遠到不管是神戶港塔或京都塔都完全無法比擬的程度。

然後地面那裡，似乎擠滿了許多人。

不曉得是不是因為距離太遠才產生錯覺，即使有些人影動起來明顯像是生物，但梨香覺得自己好像看見了一些動作和過去已知的生物完全不同、類似有機體的存在。

「那個…………惠美，妳剛才……」

「嗯？」

「說這裡是哪裡？」

「安特．伊蘇拉。」

「咦？」

「安特．伊蘇拉中央大陸的中央都市。舊伊蘇拉．聖特洛的遺址。」

「咦？咦？咦？」

「沒有現實感嗎？」

被發現梨香的反應有點遲鈍的惠美這麼一問，梨香馬上就像斷了線的人偶般點了一下頭。

「那就下去看看吧。不好意思，因為走下去要花一整天，所以就從這裡下去吧。」

「咦？從這裡？去哪裡？」

「當然是地上啊。和底下的人說過話後，應該就會產生現實感了吧。失禮囉。」

「咦……哇！」

下一個瞬間，惠美已經用她纖細的手臂將梨香橫抱起來。

明明體格和梨香沒什麼差別，惠美依然輕易抱起了一名成年女性，雖然梨香現在才實際感受到惠美果然是異世界的人，但問題並不在這裡。

梨香想起自己前陣子像這樣被橫抱起來後，好像馬上就遇到非常不得了的事情。

「雖然應該不會掉下去，但妳還是抓一下比較好。」

「咦？等等，惠美？」

「要走囉。」

抱著梨香的惠美，將腳跨上梨香剛才看出去的窗沿——

「給我等一…………………………………」

梨香的聲音，在廣闊的天空中消散。

連慘叫都來不及發出來的梨香，在下一個瞬間已經飛進陌生的天空。

映入寬廣視野中的，是逐漸逼近的地面。

但速度並沒有到直接下墜那麼快。

等發現惠美下降的速度比遊樂園的尖叫設施還要緩慢時，梨香看見了。

那些聚集在地面的人影。

「什……」

那裡有很多人類。他們穿著形形色色的鎧甲與服飾，人種也非常分散，但那些人都還在梨香能理解的範圍內。

不過其他身影就不同了。

「什、什、什……」

用兩隻腳行走的野獸。

身體如小屋般高大的巨人。

在空中飛舞的不是鳥，而是擁有鳥類外型的人。

身高不到一般成人腰際的矮人。

曾在小時候聽的鬼故事裡登場、會走路的骨骼標本。

然後梨香在這些異形當中，發現正踩在墊腳台上用巨大的棍子攪拌一個大鍋子、穿著三角巾和圍裙的千穗的身影。

「這裡是魔王城。是魔王他們……真奧、蘆屋和漆原以前用來當成侵略安特·伊蘇拉的據點，真正的魔王城。」

「這是怎麼回事啊啊啊啊啊啊啊啊啊啊啊啊啊啊啊啊啊啊啊啊啊啊啊啊啊啊？」

惠美因為梨香的慘叫皺起眉頭，但看起來還是一臉愉快。

在地上的那些人當中，包含千穗在內的幾個人（幾隻？）都在聽見梨香的慘叫後，困惑地往上看。

「啊！鈴木小姐！」

千穗一認出惠美和梨香，就跳下大鍋子前面的墊腳台，跑向兩人著陸的地面。

「這、這、這、這、這這這這這這這這……」

「鈴木小姐！妳醒啦！對不起！都怪我沒好好說明著地的事情！」

「就是啊，千穗。雖然我懂妳的心情，但以後要注意喔？要不是貝爾剛好有空，或許會無法馬上幫她治療也不一定。」

「嗯！對不起！」

千穗坦率地向責備她的惠美道歉。

「這這這這這……」

「梨香？我放妳下來囉？沒事吧？」

惠美說完後便將梨香放到地面，但跟不上眼前光景的梨香，才走了兩三步就癱倒在地。

「梨香！妳沒事吧？」

「還有哪裡痛嗎？」

惠美和千穗都跑向梨香。

「這現實感。」

梨香如此回答。

「梨香？」

「這現實感實在太強烈了。」

梨香茫然地說道。

「雖然我已經聽說過很多次，但傳聞和親眼看見果然還是不同。不好意思，我有點腿軟。呼——安特·伊蘇拉。這裡是異世界，呼——」

梨香看著遠方，說出結論。

「真是嚇死人了。」

「梨香·鈴木小姐。我聽說您在異世界日本於公於私都非常支持勇者艾米莉亞。我是統率五大陸聯合騎士團的海瑟·盧馬克。雖然還不夠成熟，但目前擔任將軍一職。以後還請多多指教。」

「喔……」

「雖然因為國情不同，所以可能會有些失禮之處，但勇者艾米莉亞的恩人，就是整個安特·伊蘇拉的恩人。您滯留在這裡的期間，如果有什麼需要，隨時都可以吩咐我們聯合騎士團。我們會盡可能不讓您感到任何不便。」

「喔……」

繼千穗之後，又來了一名勇者艾米莉亞的重要朋友。

在收到這個消息後，來梨香暫時用來棲身的營地帳篷拜訪的，是統率這裡所有人類勢力的海瑟・盧馬克。

至於被問候的梨香，則是還無法融入這個眼前有位穿著閃亮鎧甲看起來很偉大的人恭敬地用日語向自己行禮，以及自己正坐在一個從來沒坐過的昂貴又鬆軟的椅子上，用連摸都不太敢摸的昂貴茶具喝茶的狀況。就在此時——

「哼，妳這個人類，就是麥丹勞・咖啡師・千穗大元帥閣下的朋友啊。」

一個長得像巨大化的人型螳螂的怪物，和千穗一同現身。

「我叫法爾法雷洛。是魔王軍的將領。在這裡和人類一起為即將來臨的戰鬥做準備。」

「喔、喔。」

這個名字只聽一次實在記不起來的惡魔，看著一旁的千穗繼續說道：

「千穗閣下的朋友就是我們的朋友。雖然惡魔無法像人類那麼細心，但妳就放輕鬆休息吧。」

「謝、謝謝。」

雖然不管怎麼看那個鐮刀只要一揮就能同時砍死千穗和梨香，但這位名字只聽一次實在記不起來的惡魔，似乎將千穗當成地位比自己高的人尊敬。

「那個，千穗，我想問一個失禮的問題。」

「是的？」

「那個麥丹勞．咖啡師是什麼意思？」

千穗輪流看向梨香與法爾法雷洛，然後微笑道：

「啊，那類似我在魔界的綽號。」

「咦……」

不管聽到什麼說明，梨香只覺得那些情報在腦中亂成一團。

「千穗，他剛才是不是叫妳閣下啊？妳果然是魔法師或超能力者之類的嗎？」

「這實在是一言難盡。」

梨香以快哭出來的表情輪流看向千穗和惠美的臉。

「這是能隨便就這樣交代過去的問題嗎？」

法爾法雷洛離開後，梨香看著許多人與惡魔在營地裡忙進忙出，然後像是突然想起什麼般將手抵在胸前。

「話說剛才那個名字很像衣物柔軟精的人，是惡魔嗎？」

「妳是說法雷先生嗎？」

「咦？我記得他的名字應該更長……」

「那是綽號。畢竟法爾法雷洛實在太長了。」

「惡魔的綽號……啊。總、總之他是惡魔吧。不過我剛才……」

梨香發現自己完全沒感覺到之前面對惡魔大元帥艾謝爾時，感覺到的痛苦。

仔細想想，這裡有這麼多的惡魔在走動，周圍應該會有相當多的魔力才對……

「這應該算是因禍得福吧。」

千穗愧疚地開始說明。

「離開『門』的時候，我忘了提醒鈴木小姐著地時要小心，所以害妳撞到頭昏倒。鈴乃小姐在幫忙治療時順便用聖法氣替妳做了預防措施，好讓妳即使接觸到一定程度的魔力也不會有事。」

當時千穗也被鈴乃狠狠訓了一頓，但這又是另一件事了。

「那個，是叫做結界嗎？」

「不，是讓體內的聖法氣活性化，藉此對抗魔力。安特・伊蘇拉的大氣中充滿聖法氣，所以處理起來比在日本還要簡單很多。」

「……不行，我完全聽不懂。就像是在聽人解說自己沒有的主機上出的遊戲一樣。」

「簡單來講，除非是像真奧哥的魔王型態那種等級的人使出全力出現在妳面前，否則應該都不會有事……」

「對了！真奧先生！」

一聽見真奧的名字，梨香就奮力起身，差點順勢把剛才的茶杯打翻到地上的她，急忙在原地止步。

「真奧先生在哪裡！狀況！狀況！快跟我說明他那邊的狀況！雖然我到現在都還搞不清楚，但我要求說明狀況！我已經很清楚這裡是安特·伊蘇拉了！知道歸知道，但為什麼我會被帶來這裡？為什麼惠美你們會來這裡？為什麼千穗這麼正常地融入這裡的環境！其他人！那些笹塚公寓的居民現在到底怎麼了！拜託快跟我說明一下！」

「呃……」

「該從哪裡講起好呢……」

就在千穗和惠美面面相覷的時候。

「喂，聽說鈴木梨香來了？」

三人的臉一齊轉向帳篷入口。

那裡站了一名外表看似人類的男子。

不過梨香認識他。

那個男人，正是過去曾企圖蹂躪這個世界，蹂躪惠美故鄉的惡魔之王。

「真奧……先生。」

「喔。」

真奧貞夫穿著和梨香記憶中一樣的牛仔褲與〈UNI×LO〉的襯衫，看起來就像在日本隨處可見的青年。

「喔，小千也在啊，新年快樂。」

「嗯，新年快樂，真奧哥。我有帶蘆屋先生託我買的昆布佃煮過來，晚點吃飯的時候再給你。」

「惠美……這真的是現實嗎？」

在對梨香來說非常缺乏現實感的場所，出現了對梨香來說非常有現實感的對話，如果這不是夢，那到底是什麼呢？

「是現實喔。雖然我也覺得難以置信，但這是重要的現實。」

接著梨香的好友，露出開心的微笑。

※

「一切都要怪艾美拉達那個笨蛋說什麼要辦聖誕派對。」

真奧貞夫坐在被硬是鋪在寶座大廳的榻榻米上的被爐前方，左手拿著飯碗的他，正在夾千穗買來的佃煮，看起來和平常在Villa・Rosa笹塚二〇一號室時沒什麼兩樣。

「只要說是為了阿拉斯・拉瑪斯，就算地點是在惠美家，我也非去不可吧。」

問題在於這裡是真正的魔王城，真奧背後不是屋齡六十年的木造公寓的牆壁，而是寬廣的寶座大廳，同時也是魔王與勇者過去的決戰地點。

「不過要是大家各自買給阿拉斯・拉瑪斯的禮物，難保最後不會重複。剛好忙著進行正式職員的錄用研修的我，也抽不出時間去買禮物。於是我提議無論大家再怎麼重視阿拉斯・拉瑪斯，送她那麼多禮物寵壞她還是不太好。不如先問阿拉斯・拉瑪斯想要什麼東西，大家再一起出錢買。」

「原來如此，我覺得這個判斷不錯呢。」

雖然好奇沒賺錢的漆原要怎麼辦，但針對這點吐槽也太不識趣。

「禮物這種東西，只要能讓對方喜歡就算大成功，如果還能被拿來用，那就更幸運了。所以只要灌注心意，再適當地挑選就好。這是木崎小姐的教誨。不過這對阿拉斯・拉瑪斯來說是第一次的經驗，要是刻意想給她驚喜，結果她不喜歡的話，那彼此都會很失落。所以我拜託惠美裝作不經意地問她想要什麼，然後……」

隔天一大早，惠美就淚眼汪汪地跑來二〇一號室。

就在應門的真奧等人陷入混亂時，惠美一進魔王城就陷入沉默，只叫真奧等人先找千穗和鈴乃過來。

兩人一聽說惠美的狀況，就二話不說地聚集到二〇一號室。

前一天晚上，惠美不經意地問阿拉斯．拉瑪斯有沒有什麼想要的東西。

阿拉斯．拉瑪斯喜歡玉米濃湯。

受到惠美的影響，她也喜歡咖哩。

她也喜歡放鬆熊，或是小動物的玩具與布偶。

但阿拉斯．拉瑪斯想要的，並不是這些東西。

『阿拉斯．拉瑪斯……說她想和大家見面。』

惠美手足無措地哽咽道。

『我一開始還聽不懂她在說什麼。這裡的大家究竟是指魔王、千穗還是鈴乃呢……不過，並不是這樣。』

所有人都產生某個預感，並倒抽一口氣。

『她說她只想見「王國」他們，其他什麼都不想要。』

惠美的話，讓所有人都變得啞口無言。

惠美的眼淚，將大家一起思考要買什麼禮物給阿拉斯·拉瑪斯的歡樂心情徹底粉碎。

『魔王、各位，我是個笨蛋。這孩子，從很久以前開始，就一直想見艾契斯和伊洛恩。然而我卻視而不見，充耳不聞。我，真的是個笨蛋。』

像是為了緊擁沒有現身的阿拉斯·拉瑪斯般，惠美抱著自己的胸口蹲了下來。

『我…………只顧自己的事情。』

一段彷彿永遠的時間流逝。

實際上應該只有幾十秒。

不過這幾十秒，已經足以改變聚集在二〇一號室裡的所有人內心的想法。

『吶……魔王。』

惠美連眼淚都沒擦，直接仰望真奧。

『我，可以去嗎？』

『……唔！』

真奧倒抽了一口氣。

為什麼要徵求自己的同意？為什麼要對自己說這種話？

『我才不管什麼安特·伊蘇拉，我也不在乎人類的危機，不過我是發自內心珍惜這孩子，

所以我無法置之不理。』

不管是阿拉斯・拉瑪斯是「基礎」的碎片，還是她與聖劍融合，這些都是無關緊要的事。

『這孩子是我的……』

『啊啊啊啊啊啊啊啊可惡！』

真奧突然大吼。

他不能再讓惠美獨自講下去。

不能讓惠美背負在場所有人的罪孽。

就只有這件事絕對不行。

真奧用力搔頭。

『蘆屋！』

『是、是的！』

『漆原！』

『嗯。』

『小千！』

『是……』

『鈴乃！』

『喔。』

『……惠美。』

『……魔王。』

真奧讓惠美抬起臉後，筆直看著她的眼睛說道：

『我們所——有人，都是任性的大笨蛋！這樣就行了吧？』

現場沒有任何人反駁真奧。

「關於質點和生命之樹的事情，妳之前在蘆屋被抓的時候應該就有聽說吧。萊拉和加百列希望我們打倒的那些傢伙，將阿拉斯·拉瑪斯的家人當成了人質。阿拉斯·拉瑪斯因為見不到他們而寂寞得不得了。既然如此，那我們該做的就只有一件事。」

真奧吃完一碗飯、佃煮和速食味噌湯後，將空餐具放在被爐上合掌說道：

「讓阿拉斯·拉瑪斯和那些人見面。女兒重要的……朋友？兄弟姊妹？還是堂兄弟？雖然我不知道他們真正的關係，但我要去把輕慢對待他們的傢伙們痛扁一頓。儘管把伊古諾拉打飛後，好像會順便完成萊拉拜託我們的事情，但我才不管這些。對我們來說，沒有比阿拉斯·拉瑪斯更優先的事情。」

梨香看了一下變空的碗，然後輕輕微笑。

因為這樣一切都說得通了。

「足以顛覆一切的一句話啊。」

「嗯？」

「這是千穗說的，她說有句話能瞬間改變為了在日本生活而努力的惠美和真奧先生你們的想法。」

梨香用力點頭，然後環視吃完零食的真奧和寶座大廳。

「這種三坪大的房間簡直像是在開玩笑呢。」

「很棒吧？這是本大爺的魔王城，不過嚴格來說，這不是我的原創作品。」

「是嗎？我聽說真奧先生曾經修復首都高速公路，所以還以為這是你建的。」

梨香說完後，真奧搖頭回答：

「雖然外側是我做的，但裡面都是魔界很久以前就有的東西。至於多久，大概就是加百列說的大魔王撒旦……也就是撒旦葉來到魔界時的東西吧。」

真奧將餐具疊起來後，離開榻榻米走向之前的窗戶，梨香也跟在他後面。

「妳有聽說為什麼天界那些人現在是把月球當成根據地嗎？因為他們將母星的月面移民都市整個定著在那裡。」

「嗯，我大致聽說過了。」

梨香點頭，從窗戶仰望天空。

那裡漂浮著兩個形狀鮮明的白晝之月。

「伊古諾拉等人離開母星後沒過多久，就以從凱耶爾和舍姬娜身上取得的樣本為基礎，開發出讓人類不老不死的技術。他們先是階段性地進行手術，再一面收集資料，一面尋找能讓人類定居的星球。」

「那可真是個漫長的工程。我記得自己初到東京時，才看了五間公寓就累得半死。」

「如果是一天看完，那五間也太多了吧。不會搞不清楚每間公寓的優缺點嗎？」

真奧極為普通的回答，讓梨香滿意地點頭。

「總而言之，他們最後定居在那裡。為了預防第二個凱耶爾與舍姬娜來襲，他們打算支配安特・伊蘇拉的生命之樹。不過撒旦葉也因此與打算重建樂園的伊古諾拉反目成仇。因為撒旦葉原本打算等找到能落腳的地方後，就解除所有人的不老不死，讓大家以人類的身分在清淨的大地上生活。不過親眼見識過人類有多愚蠢的伊古諾拉等人並不這麼想。他們想靠自己的力量，將當時剛被生命之樹選定的安特・伊蘇拉人引導到理想鄉。雖然包含撒旦葉和萊拉在內的部分天使猛烈反對，但大多數的天使都站在伊古諾拉那邊。妳知道為什麼嗎？」

「……為什麼？」

「即使成了不老不死，還是會愛惜自己的生命。沒有人會想主動放棄永遠不會生病或餓死的身體。所以撒旦葉在搶走兒子路西菲爾，以及被伊古諾拉等人當成不老不死技術根基的『基礎』質點後逃跑了。為了不讓不老不死的惡夢，擴大到新星球的人類。」

「基礎……是指阿拉斯・拉瑪斯妹妹和艾契斯吧？」

「嗯。伊古諾拉的研究基礎，是從他們星球的質點誕生出來的凱耶爾和舍姬娜。所以他們自然會想用這顆星球的『基礎』和『王國』，來當這顆星球的不老不死研究的基礎。」

「這個話題對我這顆因為幻想世界現實化而混亂的頭腦來說，實在太困難了。」

「或許吧……要先下去一趟囉。」

「嗯，請你手下留情。」

被真奧揹在背上的梨香，再次從高得誇張的窗戶下降到地面。

而理由居然是因為要洗剛才用的餐具，面對這樣的事實，梨香也只能笑了。

在惡魔之王為了洗餐具而跑去找水的期間，梨香總算能以冷靜的心情重新環視這個營地。

這個在魔王城屹立的山腰底下展開的營地，是按照和梨香打過招呼的海瑟・盧馬克將軍與馬勒布朗契的總頭目法爾法雷洛的合議制在運作。

而實際替幾年前還在互相殘殺的惡魔與人類牽線的，正是在前陣子的混亂中再次被惡魔支配的東大陸的八巾騎士團與蘆屋。

關於部隊的編制，除了艾美拉達、鈴乃、漆原和萊拉以外，就連千穗都要站在前頭指揮。這個集團表面上的目的，是要「拆除魔王城」。然後「讓惡魔們撤退回魔界並裝成惡魔餘黨已被殲滅」。簡單來講就是消除侵略的痕跡，讓戰敗的士兵回國的戰後處理。

除了法爾法雷洛率領的部分惡魔以外，在場的惡魔似乎大多都是真奧等人一開始帶來侵略安特・伊蘇拉的軍隊倖存者。

計畫的概要是最高機密，真奧之所以不變成惡魔型態，繼續以人類型態活動，也是為了避免當情報被洩漏給以為魔王撒旦已經被勇者艾米莉亞討伐的人時，能夠減少混亂。

「撒旦葉打算和移民都市分道揚鑣，但伊古諾拉、卡邁爾和其他天使不僅不允許，還將撒旦葉的行動視為人類愚行的一端加以非難。明明他們自己才是擅自想在其他星球『引導』人類。」

「當時的安特・伊蘇拉人，難道什麼都沒發現嗎？」

「別太強人所難了。當時的安特・伊蘇拉，以日本來比喻就是全世界都還在繩紋時代（註：日本石器時代後期）。」

「啊，原來如此，差點忘記天界的人都非常長壽。由於事情的規模太大，我已經搞不清楚了。」

「就快說完了，妳晚點做個筆記，好好複習吧。考試會考喔。」

真奧在說明的期間，已經將餐具洗乾淨擦乾，放回規定的地方。

「質點會選出應該幫助的人類。不過在生存競爭中落敗的其他人類，當時也還沒滅絕。伊古諾拉他們對沒被質點選上的傢伙，做了非常不得了的事情。」

「……不得了的事情？」

「沒錯。他們把沒被質點選上的人類當成基因改造的實驗對象，測試在被撒旦葉偷走『基礎』後研究出來的不老不死技術。」

「人、人體實驗嗎？」

「正是如此。這下萊拉和撒旦葉也真的生氣了。他們決定進行徹底抗戰，被帶去做人體實驗的傢伙們，當然也想活下去。雖然沒被生命之樹選上，但那些傢伙依然是人類。並不是所有被改造過的人，都會乖乖服從伊古諾拉等人的命令。撒旦葉透過吸收那些人，來壯大自己的勢力。他似乎想保護那些傢伙。」

此時梨香發現真奧只要一提到「那些傢伙」，表情就會變得非常安詳。

而且他的視線前方，一定會有那些異形的生物——也就是惡魔在。

「等、等等，真奧先生，請等一下。該不會那些被當成人體實驗的對象，沒被質點選上的人類……」

「因為失去『基礎』而倒退的不老不死技術，後來改以舍姬娜，也就是『王國』質點的基因樣本當成基底。因為是掌管物質的質點，所以他們被植入不完全的不老不死，除了獲得不吃飯也不會死的身體和壽命被不完全地延長以外，他們的肉體也產生各種變質。例如長出角，長出翅膀，或是長出尾巴……就連儲藏在心臟的能源，都變得不再是聖法氣。」

像是在肯定梨香的猜測般，真奧指向前方不遠處，那裡有許多他的大型同胞，正聚集在千穗之前煮湯的鍋子周圍。

「我們這些惡魔，原本似乎是『人類』。只是和現在於安特·伊蘇拉繁衍的人類不同系統。」

「呼哇。」

聽完這意想不到的創世記，梨香發出像呵欠般少根筋的聲音。

「這些事……」

「蘆屋和漆原當然不用說，惠美、小千、鈴乃、艾美拉達、艾伯特、惠美的爸爸、艾契斯、伊洛恩、天禰小姐和房東太太也都知道。然後為了順利執行這項計畫，我們也有告訴以法爾法雷洛和盧馬克為主的聯合騎士們，以及艾美拉達掌管的聖·埃雷法術監理院的部分法術士。另外雖然人不在這裡，但在魔界有個代替我統治惡魔們的老頭，我也有通知他。然後，現在妳也知道了。」

「在這些人當中，感覺我是最不需要知道這些事的存在。」

「妳在說什麼啊。歷史這種東西，就是要由像妳這樣與問題中心保持一定距離的觀察者來傳承下去吧。」

「雖然我很高興你這麼說，但是當歷史陷入混亂時，個人的感想或聲音很容易就會被淹沒吧？」

梨香說完後，仔細觀察真奧。

儘管事到如今根本不需要重新確認，但眼前這位「真奧貞夫」的人類姿態，真的與梨香熟知的「人類」一模一樣。

梨香知道真奧原本是因為失去魔力才會變成這個樣子，但她還是不禁猜想這是否代表這個「人類姿態」，就是惡魔這種生命體的核心。

可是這麼一來，又會產生別的疑問。

不如說難道真奧都沒有懷疑過嗎？

「不過生命之樹和質點，到底為什麼要挑選人類啊？」

「嗯？」

真奧擦乾洗好的餐具，同時漫不經心地聽梨香自然脫口而出的話。

梨香也不認為自己說的話有什麼深刻的意義，遠處有個艾夫薩汗出身的八巾騎士正在認真工作，她看著那裡說道：

「因為我覺得聯合騎士的那些人和現在的真奧先生與蘆屋先生，外表看起來根本沒什麼不同。按照剛才那些話，真奧先生你們算是『沒被選上的人類』的子孫吧。不過生命之樹選擇現在的安特・伊蘇拉人，應該是有理由的吧？它到底是用什麼標準在選擇，又為什麼只能選擇一種人類來拯救呢？」

「嗯……」

雖然真奧回答得漫不經心，但他不自覺地停下擦餐具的動作。

「……應該，是有什麼只有他們知道的理由吧。這才是真的只有老天爺知道吧？」

「哼嗯。唉，先不管真奧先生是怎樣，那邊的倒是一點都不像呢。到底是有什麼差異呢，還是說真的是DNA層面的問題。」

梨香將視線移向那些怎麼看都是「惡魔」的異形生物集團後，自顧自地露出理解的表情。

「話說被伊古諾拉抓去做人體實驗的惡魔，現在為什麼在魔界啊？他們當時應該就類似俘虜吧？」

「啊，嗯。」

另一方面，露出如鯁在喉般的奇妙嚴肅表情的真奧，也決定暫且放下這個疑惑，他將擦乾的餐具放回規定的場所，順便將話題拉回原本的方向。

「這個嘛，撒旦葉對造出惡魔原型的伊古諾拉的瘋狂感到絕望，正式與都市決裂。因為在戰術上來說，伊古諾拉那邊能組織的戰力遠比撒旦葉強大，所以有必要和她保持距離。撒旦葉必須保護惡魔，率領少數贊同他理念的天使在遠離伊古諾拉的地方組織軍隊。於是撒旦葉創造出魔界。他如同字面上的意思，分割了月亮。雖然無法想像那究竟對地表造成了什麼影響……唉，撒旦葉是個科學家，所以應該是挑了一個最恰當的時機吧。雖然現在是惡魔蔓延的荒涼星球，但當時的魔界，確實是為了從外星侵略者手中保護安特・伊蘇拉的守護者們搭乘的方舟……撒旦的方舟（撒塔奈斯亞克）。」

魔王都撒塔奈斯亞克。

過去的大魔王撒旦居住的王城。那裡的傳說在許多惡魔之間流傳，就連企圖統一魔界的真奧也有所耳聞，過去的大魔王撒旦的住所，正是撒旦葉從母星的移民都市分割出來、真的能夠橫渡宇宙的方舟。

「我抵達王城時，那裡還殘留著撒旦葉與伊古諾拉等人最後一場戰鬥的記錄。我第一次看見時，還不曉得那有什麼意義。」

真奧有些懷念似的說道。

「撒旦葉在與伊古諾拉的戰鬥中落敗，喪失性命。跟隨撒旦葉的天使們也各自離散，原本就是不成熟人類的惡魔們，只能分散到魔界各地。這座魔王城，就是我在不知情的情況下，從撒旦葉留下的撒塔奈斯亞克分割出來的東西。」

「咦？」

「『門』一次能將相當多的人輸送到遠方，但還是有極限。我想將有能力使用『門』的惡魔們，也當成征服安特·伊蘇拉的戰力使用。於是我們就用了這個。現在蘆屋和漆原正為了修理魔王城的動力部分，指揮惡魔與東大陸的騎士團。艾美拉達掌管的法術監理院也有提供協助。」

「這、這、這表示這整座城……都是太空船嗎？這麼大的東西有辦法在空中飛嗎？」

過去魔王城曾經突然出現在中央大陸最大的都市伊蘇拉·聖特洛，並在一夜之間毀滅了那裡，但原來當初真的是如同字面上的意思「壓」毀了那裡。

魔王城以物理的方式從上方壓毀伊蘇拉·聖特洛並直接取代那個位置，然後真奧才和一部分的惡魔將外觀偽裝成城堡的樣子。

「如果沒有這種程度的規模，根本無法運送當初預定的戰力。不過坦白講，當初分割的時候還滿草率的，我也曾經後悔過沒有更加有效地活用魔王城。能不能讓魔王城再次升空，將成為能否替阿拉斯·拉瑪斯準備禮物的首要關鍵。」

「原來如此，真奧先生你們是為了送阿拉斯·拉瑪斯妹妹禮物，才會來到這裡啊。」

因為一開始講的創世記規模實在太大，讓梨香完全遺忘一件事。

這場橫跨三個世界、牽連許多種族的壯大戰爭，一開始其實就只是為了送一個小女孩禮物而已。

「沒錯。所以我們不打算在和那件事無關的地方認真戰鬥。而且我從後天開始，還要繼續參加正式職員的錄用研修。」

所以梨香一時無法理解真奧在說什麼。

「………你剛才說什麼？」

「咦？我的意思是我今年的第一個班是在後天，所以之後要回笹塚。惠美明天早上有班，因此她也說今天晚上要回永福町。而小千基本上是當天來回，總不能讓她在新年期間長期外宿吧。」

「咦？什麼？咦？對不起，我聽不懂你在說什麼。千穗！千穗！」

「啊，好的！對不起，可以稍微跟我換一下嗎？」

注意到梨香在叫自己的千穗，將鍋子交給旁邊的惡魔負責，然後快步走來這裡。

高中女生將鍋子的攪拌棒推給體格是人類的好幾倍、並擁有恐怖外表的惡魔，而後者也乖乖地繼續攪拌，讓這樣的景象更顯滑稽。

惡魔原本就不需要積極進食，所以關於在這裡做料理的事情，惡魔本人應該也覺得莫名其妙吧。

「千穗？妳是不是說過真奧先生和惠美要辭掉麥丹勞的打工？」

「咦？我應該沒說過這種話吧。」

被點名的千穗驚訝地睜大眼睛。

「妳、妳有說過吧。妳說他們已經把事情處理好，之後就算他們不在也沒問題。」

「是的，所以說遊佐小姐和真奧哥為了不讓麥丹勞的工作和這裡重疊，有好好討論過排班和調整行程。」

「……啊？」

「如果使用『門』，單程大約只要四十分鐘就能回到笹塚，真奧哥和遊佐小姐之後也會正常地在笹塚打工喔？雖然次數可能會稍微減少。」

「……單程，四十分……喔……這樣啊。」

單程四十分鐘，如果是搭京王線的特急電車，那已經夠從新宿站搭到終點站的京王八王子站了。

若是從梨香住的高田馬場出發，那搭西武新宿線的急行電車應該能到新所澤站，搭東京地下鐵東西線的話，或許能到終點站的西船橋站。

而如果是從東京車站搭東海道新幹線，雖然到不了熱海，但搭到小田原站大約就是四十分鐘。

如果是搭東北新幹線，那應該勉強能抵達栃木縣的小山站吧。

「搞不懂這個異世界到底算遠還是算近啊！」

梨香抱著頭蹲下。

千穗以眼角看向梨香，她的手上握著一支之前也曾在二〇一號室拿出來，散發耀眼光芒的羽毛筆。

「只要用這個，就算沒有聖法氣也能打開『門』。不介意的話，我之後也幫鈴木小姐要一支吧。只要跟萊拉小姐或加百列先生說一聲，他們就會幫忙做。至於使用方法，只要請艾美拉達小姐指導一小時，就能掌握訣竅……」

「又不是在學騎機車！這是怎樣！為什麼說得這麼輕鬆！千穗妳在公寓那裡時明明變得很寡言，而且還講得好像再也見不到惠美他們一樣，結果這是怎麼回事！」

「咦？我有說成那樣嗎？對不起，因為我那天太早起床有點睏，而且那時候不是很冷嗎？所以講話不自覺就變得很簡短，如果聽起來很冷淡就抱歉了……真奧哥，你相信嗎！今天都內的氣溫早上居然降到零下二度耶？我差點以為自己會感冒。」

「零下二度很冷呢，相對地這裡離赤道很近，非常溫暖，真煩惱要穿什麼。」

「你們也太悠哉了吧！把我的眼淚和嚴肅還給我！」

客觀來看，其實梨香這邊比較有道理，遺憾的是那對現在的千穗和真奧一點都不管用。

「對了，如果妳想騎機車，可以借妳喔？妳是第一次來安特．伊蘇拉吧？如果想在這附近逛逛，之前我和鈴乃騎來這裡後弄壞的機車，艾伯特好像已經努力把零件都找齊並修理好了，所以可以借妳。那跟小麥用來外送的機車一樣，所以安定性很好，就算是第一次騎也不會跌倒。這裡又不用擔心駕照，因為有兩台，所以不如叫蘆屋幫妳帶路吧。我聽說他買手機時受到妳不少照顧。」

「這裡真的是異世界嗎？到哪裡去找有機車的異世界啊啊啊啊！我到底在哪裡！還有拜託現在別讓我見蘆屋先生！別再讓我變得更混亂了！」

「啊？」

「真奧哥，鈴木小姐和蘆屋先生的關係現在有點尷尬。」

「喔、喔？雖然我搞不太懂。」

真奧完全不曉得梨香和蘆屋之間發生了什麼事。

他只以為梨香和上次買電視時一樣，在蘆屋買手機時幫忙提供了建議。

「感覺好像變得很混亂。」

「喔，惠美。」

「遊佐小姐。」

看見梨香粗暴地抱著頭呻吟的樣子，惠美從帳篷內走向這裡。

「遇到這種事，不混亂才比較奇怪吧！」

「梨姊姊，妳怎麼了？」

而且惠美手上還抱著阿拉斯．拉瑪斯，梨香已經不曉得自己到底該笑還是該叫了。

「對不起，阿拉斯．拉瑪斯妹妹！姊姊現在好像迷失了某個重要的東西！要是在這種時候看見阿拉斯．拉瑪斯的臉，我就會開始想些像是『啊，忘了買土產』之類的蠢事。明明我根本就沒那個餘裕！」

「……我聽不懂。」

「我想也是！」

逐漸同情起梨香的惠美，將阿拉斯．拉瑪斯交給真奧照顧，輕輕抱住不斷呻吟的梨香的肩膀。

「吶，不如這樣想吧。我們因為一些家庭因素搬到郊外。去那個郊外的電車起點站在笹塚。等過完年後，只要沒什麼特別的狀況，我晚上都會回永福町的公寓過夜，貝爾最近也沒辦法長期離開公寓，所以會回二〇二號室。畢竟千穗來這裡的時候，也必須有人送她回家。魔王他們因為要修理魔王城，所以不得不把生活所需的東西搬來這裡，但我們的生活形態，基本上沒什麼改變。吶，妳看。」

惠美筆直看向魔王城。

「只要把這裡當成巨大的三坪大公寓房間，就能接受了吧？」

「……別強人所難了。」

雖然惠美的解說太過勉強，但還是讓梨香恢復了笑容。

「不可能啦～完全不可能。好不甘心，惠美和真奧先生真的總是讓我大吃一驚呢。什麼叫巨大的三坪大房間啊。真是笑不出來。這個三坪大的房間，會飛到宇宙吧？這實在是太荒唐無稽，讓人只能覺得是在作夢。」

「很遺憾，這是現實。我們要用這座魔王城進攻天界。既然『門』已經被封閉，我們只剩這個方法了。」

真奧走向城的外牆，將嬌小的手貼在上面。

「之後的事情……喂，惠美，妳之後有什麼打算？」

「誰知道啊。之後再想吧。」

現在的真奧和惠美作為阿拉斯・拉瑪斯的爸爸與媽媽，正積極地互相合作，朝同一個目標邁進。

但不能忘記的是，大多數的安特・伊蘇拉人民並不曉得真奧等人這次的戰鬥，包含以魔王城壓毀舊伊蘇拉・聖特洛在內，真奧等人造成的許多悲劇至今也仍是不變的事實。

「我已經不是勇者了。無論是在戰鬥時，還是戰鬥結束後，我心裡想的事情一定都只有下個聖誕節要怎麼和阿拉斯・拉瑪斯過。」

「真和平啊。」
「實際上的確是很和平喔。」
千穗回應梨香的吐槽。
「大家已經充分煩惱過、戰鬥過，疲憊過了。即使開始為自己思考一些建設性的事情，也不會有報應吧。」
「……雖然妳講得好像很有餘裕，但惠美剛才的那些話，也可以有其他的解釋喔？」
就某方面來說，梨香其實是在警告千穗，但千穗以充滿鬥志的語氣和表情回應：
「正合我意。不管對手是誰，我都不打算認輸。」
「唉，只要千穗覺得好就好。」
梨香像是覺得有點無趣般噘起嘴。
「我啊，就算這麼說也……」
就在這個時候。
『魔王大人，方便打擾一下嗎？』
雖然看不見身影，但周圍突然響起蘆屋的聲音。
梨香滿臉通紅地縮起身子，千穗、惠美和真奧則是稍微抬起視線。
「怎麼了，蘆屋。」

『其實……哎呀？除了艾米莉亞和佐佐木小姐以外，那裡還有其他人嗎？我感覺到人類的氣息。』

「啊～那個，沒事，有什麼事就快說吧？」

千穗在梨香的旁邊拚命交叉雙手比出否定的手勢，因此真奧困惑地蒙混過去。

『是的……其實發現了一些有點棘手的事情。』

「棘手的事情？」

『是的。我們發現這樣下去，將無法完全修復魔王城。漆原說包含驅動系統、傳動系統與燃料系統在內的許多場所，都發生了問題。』

「是無法靠魔力解決的部分嗎？」

『有些地方的零件，似乎必須從素材開始重做。晚點漆原應該會直接聯絡您，但我目前收到的報告是這樣。』

「從素材開始啊……那原本可是天界的東西，這樣該怎麼辦才好？應該也沒留下設計圖那種親切的東西吧？我們做的事情有粗暴到讓它壞成這樣嗎？」

『我覺得直接壓毀伊蘇拉·聖特洛，應該算是非常粗暴的事情。』

看見真奧因為蘆屋的發言陷入沮喪，惠美只能苦笑。

『如果只是要飛行，那或許還能想點辦法，不過進攻天界時應該會遭到反擊。所以還是盡

可能減少令人不安的因素比較好。』

「話雖如此，問題在於要從哪裡調零件。」

『有一樣東西能確定在安特．伊蘇拉的北大陸。剩下的應該都在魔界。』

此時漆原的聲音插了進來。

「北大陸和魔界？」

『嗯。魔界那邊還是聯絡卡米歐，請他派人找會比較好。雖然不曉得在哪裡，但我知道全部需要哪些東西。』

「真的假的？」

漆原的語氣難得這麼認真，所以真奧回答的聲音也變得激動起來。

「那些是什麼東西？」

『大魔王撒旦的遺產，諾亞齒輪。』

漆原以強烈的語氣說道。

「諾亞齒輪（Noah·Gear）？」

『撒旦……撒旦葉是這麼稱呼那個東西。關於當時的事情，這是我少數還記得的其中一件事。他說如果將來要回月球，那個東西將成為啟動方舟（撒塔奈斯亞克）的關鍵。』

「你怎麼知道那在魔界？」

『因為天界在找那個東西。伊古諾拉應該也知道如果想復活撒塔奈斯亞克，就需要那些東西。她甚至還曾經派加百列來問我。』

「喔～所以那到底是什麼？」

面對真奧的問題，漆原以嚴肅的聲音回答：

『諾統、亞多拉瑪雷基努斯的魔槍、偽金的魔道和阿斯特拉爾之石這四樣寶物。撒旦葉真的很蠢呢。你把這幾個詞的第一個字連起來看看。』

「嗯……？諾、亞……啊啊啊？」（註：原文為ノアギア，正好是諾亞齒輪之意）

騙小孩也要有個限度。

這連文字遊戲都稱不上。

但當中的意圖很明顯。

諾統和魔槍本身只是單純的武器。

魔道本身只是化學式。

阿斯特拉爾之石本身只是單純的能量結晶。

雖然這些東西都是驚人的存在，但並非無可取代。

不過將這些東西聚集在正確的地方後，大魔王的遺產就會成為啟動方舟的齒輪。

「真是的，不管走到哪裡，都要被以前的爭執牽著鼻子走啊。」

『就是說啊。』

「你有資格說這種話嗎？這都是你的父母搞出來的吧？」

『我才不管哩。誰要替那種只會為子女的未來造成不良影響的父母負責啊。真奧現在才是為人父母，要小心別變成那種不負責任的爸爸喔。那麼，我該說的都說完了。』

概念收發（Idea-Link）的通訊結束後，現場再次恢復寂靜。

「剛才那些話的意思是……太空船還沒辦法發動？」

「就是這樣，要找的東西增加了。窮人沒時間休息，這句話說得真是好。」

真奧活動脖子的筋骨，悠哉地說道，他用力做了個深呼吸後，鼓起幹勁開口：

「惠美，小千。」

「嗯。」

「是的！」

「我可不打算拖到明年的聖誕節喔。」

說完後，真奧確實地看著懷裡的阿拉斯·拉瑪斯的眼睛。

「爸爸，什麼事？」

「妳的生日。」

「嗚？」

「阿拉斯・拉瑪斯，我要在妳的生日之前結束這一切。」

「真奧哥，阿拉斯・拉瑪斯妹妹的生日是指……」

「那還用說嗎？」

真奧露出別有深意的笑容，將阿拉斯・拉瑪斯高高拋向安特・伊蘇拉的天空。

「咿呀哈！」

雖然搞不清楚狀況，但被拋到高處的阿拉斯・拉瑪斯看起來非常開心，而那天聚集在二〇一號室的所有人，不都親眼見證了這個女孩誕生的瞬間嗎？

「期限就是夏天！在七月的東京盂蘭盆節。阿拉斯・拉瑪斯，到時候我要送妳一個最棒的生日禮物！」

真奧充滿堅強決心的聲音，響徹高掛兩個白晝之月的天空。

作者，後記 — AND YOU —

在一年裡，其實有很多送禮的機會。

首先是新年的賀年卡和壓歲錢，再來是二月的情人節。相當於回禮的三月白色情人節。春天用母親節、兒童節和父親節（註：日本的兒童節和父親節分別是在五月和六月）的帽子戲法決勝負，夏天則是中元節。九月敬老節毫不鬆懈地來襲，接著是讓人稍微掉以輕心的晚秋，最後是年底壓軸的聖誕節和除夕。

此外也不能忘記整年都會出沒的生日和夫妻的結婚紀念日。

每年都會確實把握這些機會送禮的人，再怎麼說還是不多，我想大部分的人應該都只過其中約一半的節日，並視自己當時的立場而定，當送禮或收禮的人。

然而無論是送人還是被送，和ヶ原至今都還是搞不懂「聖誕禮物」。

如果是大人送小孩禮物就很簡單。

因為只要思考小孩想要的東西，或是想給小孩的東西就好，包含小孩喜歡的玩具、書籍、幼教商品或最近的電子產品在內，可以有很多種選項。

不過在世間有如理所當然般舉行的「大人間互贈聖誕禮物」的活動，我就完全不曉得該送什麼才好。

母親節有康乃馨、情人節有巧克力，白色情人節則是以情人節禮物乘N倍換算或是回贈其他點心，但聖誕禮物並沒有類似的絕對指標。

除夕或中元節的禮物是用來感謝別人的照顧，通常是從各國名產或對送禮對象的家人有幫助的東西中來挑選。

至於父親節和敬老節，則是會先產生「爸爸工作加油」或「希望對方能常保健康」的想法，所以大部分是送相關的東西或請對方去旅行。

不過在對象並非虔誠的基督徒時，到底該送什麼聖誕禮物才好呢？

放眼世間，如果是情侶，男方大多會送女方首飾或包包等配件，女方則是送男方能在工作場合使用的配件或衣物，但說到「這些東西是否非得在聖誕節送」，那又是另一個疑問了。

或許有人會認為既然如此，那就送「聖誕節限定款」的東西不就好了，不過聖誕節限定款的東西當然都是冬季樣式，沒辦法整年使用，而且到了明年，應該又會有新的限定款。

話雖如此，就連我也知道情侶間的聖誕約會，絕對不能把聖誕樹、烤火雞或蛋糕當成主要的禮物。

聖誕節原本應該既不是像生日那樣替特定對象慶祝的日子，也不是像母親節、父親節與情人節那樣傳達自己心情的日子，但在不知不覺間，這個節日在現代日本似乎已經變成具備以上所有機能，讓人抱持過剩期待的日子。

我有時候會覺得，聖誕節或許是替當年錯過傳達心意或贈禮機會的人，所準備的預備日。

這或許是讓人能和父親節出差不在家的爸爸、行程對不上而無法一起慶祝生日的情人，或是因為不得已的原因而未能問候的親戚朋友一起度過，又不像過年前後的日子那樣會被節慶作法限制的最後機會。

雖然在大部分的情況，即使錯過這些機會，也會在近期內彌補，但以後煩惱聖誕禮物該送什麼時，只要回想今年未能對送禮對象做什麼，或許就能找到答案也不一定。

本書《打工吧！魔王大人》第十五集，是講述一群在凝聚了各種意圖的聖誕節，將自己變得更加複雜的心意傳達出去的人們的故事。

送禮最重要的還是心意。禮物也不一定要是物品或有經濟價值的東西！

再來就是因為最近大家都很努力在過聖誕節，所以在強烈希望近年來急速嶄露頭角的「萬聖節」慶典，別發展出過剩的贈禮習慣的同時，我也希望下集能再次與各位見面。

再會囉！

Kadokawa Light Novels

企業☆女孩 1 待續

Kadokawa Fantastic Novels

作者：神代 創　插畫：ファルまろ

超人氣網頁遊戲改編，
冒險奇幻RPG官方小說登場！

平凡的上班族有村將人，某天突然穿越到劍與魔法的世界。他才穿越不久，馬上就遭到盜賊襲擊，危急時刻，一位名叫莫妮卡的少女劍士出手救了他。之後，將人在與莫妮卡同行的妖精露卡的建議下，決定成立傭兵公司，一邊開始尋找回到原來世界的線索──

NT$180/HK$55

台灣角川

與折原臨也共度黃昏

作者：成田良悟　插畫：ヤスダスズヒト

《DuRaRaRa!!》系列最黑心男人的外傳作品——
愛看好戲的男人，繼續製造災難的胡搞瞎搞劇！

我是情報商人——有名男子如此誇口著。但是，先別談他是不是真的靠著當「情報商人」為業，他的確有能力獲得許多情報。他絕對不是正義的夥伴，也非惡人的爪牙。他就只是愛著眾人罷了。就算結果是毀掉所愛的人，他也能一視同仁地愛著那些人們——

Kadokawa Comics Illustration

約會大作戰DATE A LIVE 官方極祕解說集

Kadokawa Comics Illustration

編輯：Fantasia文庫編輯部　原作：橘公司　插畫：つなこ

《約會大作戰》官方解說集登場！
各式檔案＆新故事＆創作祕辛滿載！

精靈們的能力值和天使設定，還有揭發少女祕密的隱私情報即將公開。徹底介紹登場角色，甚至是只有在短篇裡登場的人物！還有橘公司×つなこ對談等創作祕辛，更完整收錄第０集小故事等難以人手的三篇短篇，以及在木書才看得到的新創作小說！

台灣角川

NT$230/HK$70

Kadokawa Light Novels

熊熊勇闖異世界 1～2 待續

Kadokawa Fantastic Novels

作者：くまなの　插畫：029

我不是在玩遊戲嗎？？為什麼是熊熊裝備？？？
傳說中的熊熊女孩，優奈的冒險物語第二彈！

以前是個家裡蹲遊戲宅的優奈，現在已經得到了血腥惡熊的稱號！冒險者階級也從新手一舉躍升為D。優奈因為建造出熊熊造型的熊熊屋＋開外掛般的實力＋熊熊裝備，已經完全變成城裡的名人了。這個時候，領主佛許羅賽卻透過公會對她提出指名委託……？

NT$230/HK$70

台灣角川

©ISUNA HASEKURA 2014

Kadokawa Light Novels

月界金融末世錄 1 待續

Kadokawa Fantastic Novels

作者：支倉凍砂　插畫：上月一式

支倉凍砂擔任腳本的
同人電子小說完全版正式登場！

月面都市是人類文明的最前線所在。在月球出生的離家少年阿晴，懷抱著立身於前人未至之地的夢想。為了達成這個目標，他為此踏入「股票市場」。而當阿晴在月面都市一角，邂逅了貌美的天才少女羽賀那時，命運開始轉動——

NT$480/HK$145

台灣角川

Kadokawa Light Novels

末日時在做什麼？
有沒有空？
可以來
拯救嗎？
Do you have what THE END? Are you busy? Shall you save XXX?
2
枯野 瑛
Illustration ue
Kadokawa Fantastic Novels

末日時在做什麼？有沒有空？可以來拯救嗎？ 1~2 待續

Kadokawa Fantastic Novels

作者：枯野 瑛　插畫：ue

「接受事實吧。
那些孩子已經不存在於任何地方了。」

珂朵莉等人前往戰場已過了半個月，她們至今仍沒有回來。威廉帶著肩負下一代重任的少女——緹亞忒前往十一號懸浮島接受適性檢查，並接獲「決戰敗北」的戰報，然而……註定赴死的妖精少女們與《人類》青年教官共度的，既短暫又燦爛的日子。

台灣角川

各 NT$200/HK$60

Kadokawa Light Novels

異界轉生強奪戰 1 待續

Kadokawa Fantastic Novels

作者：mino　插畫：和武はざの

瀏覽次數突破6600萬超人氣網路小說！
一個不斷被剝奪的少年決心在異世界逆轉他的人生

佐藤優被繼父殺了，然而清醒時卻發現自己身處異世界。但在這裡優仍被村人輕蔑，在盛怒之下，他以彷彿「要奪走對方一切」瞪視村人哈凱，這時優發現自己的狀態表竟出現了對方的技能——不斷遭到剝奪的少年以「強奪」技能為武器展開逆轉冒險故事！

NT$200/HK$60

台灣角川

Kadokawa Light Novels

夜櫻—吸血種狩獵行動— 1 待續

Kadokawa Fantastic Novels

作者：杉井光　插畫：崎由けぇき

杉井光老師眾所矚目的最新系列作！
一場在染血夜晚底下的純真吸血鬼動作片就此掀開序幕！

在不遠的未來，科學證實了「吸血種」的存在。而負責為了保護人類設立的搜查第九課的警部櫻夜倫子，正是狩獵吸血種的吸血種。她和笨蛋熱血的新搭檔桐崎紅朗在吵個不停的日常中漸漸培養出默契，攜手追逼擴大吸血種感染的組織「王國」，探查到底——

台灣角川

NT$240/HK$75

國家圖書館出版品預行編目(CIP)資料

打工吧!魔王大人 / 和ヶ原聡司作 ; 李文軒譯. -- 初版. -- 臺北市 : 臺灣角川, 2016.06-
冊 ; 公分
譯自 : はたらく魔王さま!
ISBN 978-986-473-160-2(第14冊 : 平裝) . --
ISBN 978-986-473-416-0(第15冊 : 平裝)

861.57 105006932

Kadokawa
Fantastic
Novels

打工吧！魔王大人 15

（原著名：はたらく魔王さま！15）

２０１６年12月5日　初版第1刷發行

作　　者：和ヶ原聡司
插　　畫：０２９
日版設計：木村デザイン・ラボ
譯　　者：李文軒

發 行 人：成田聖
總 編 輯：蔡佩芬
主　　編：吳欣怡
文字編輯：黎夢萍
資深設計指導：黃珮君
美術設計：黃永漢
印　　務：李明修（主任）、張加恩、黎宇凡、潘尚琪

發 行 所：台灣角川股份有限公司
地　　址：１０５台北市光復北路11巷44號5樓
電　　話：（02）2747-2433
傳　　真：（02）2747-2558
網　　址：http://www.kadokawa.com.tw
劃撥帳戶：台灣角川股份有限公司
劃撥帳號：19487412
法律顧問：寰瀛法律事務所
製　　版：尚騰印刷事業有限公司
ＩＳＢＮ：978-986-473-416-0
香港代理：香港角川有限公司
地　　址：香港新界葵涌興芳路223號
新都會廣場第2座17樓 1701-02A室
電　　話：（852）3653-2888